Delito de amor

BIENVENIDO PONCE

BALBOA.PRESS

A DIVISION OF HAY HOUSE

Balboa Press books may be ordered through booksellers or by contacting:

Balboa Press
A Division of Hay House
1663 Liberty Drive
Bloomington, IN 47403
www.balboapress.com
844-682-1282

Because of the dynamic nature of the Internet, any web addresses or
links contained in this book may have changed since publication and
may no longer be valid. The views expressed in this work are solely those
of the author and do not necessarily reflect the views of the publisher,
and the publisher hereby disclaims any responsibility for them.

The author of this book does not dispense medical advice or prescribe
the use of any technique as a form of treatment for physical, emotional,
or medical problems without the advice of a physician, either directly
or indirectly. The intent of the author is only to offer information
of a general nature to help you in your quest for emotional and
spiritual well-being. In the event you use any of the information in
this book for yourself, which is your constitutional right, the author
and the publisher assume no responsibility for your actions.

Any people depicted in stock imagery provided by Getty Images are
models, and such images are being used for illustrative purposes only.
Certain stock imagery © Getty Images.

Print information available on the last page.

ISBN: 978-1-9822-5979-2 (sc)
ISBN: 978-1-9822-5980-8 (e)

Balboa Press rev. date: 12/07/2020

Capítulo # 1

EL AMOR

BUENAS TARDES DOCTOR Esquivero. Muy buenas tardes tenga usted señorita Juliana. ¿Por casualidad me han llamado? No. Nadie lo ha llamado hoy. El Doctor Miltiño Esquivero, Abogado de profesión se sentó muy tranquilamente en su silla frente a su escritorio mientras su Secretaría no le quitaba la vista de encima. >> ¿Señorita Juliana porque me mira en esa forma, es que tengo algún bicho en la cara? Usted perdóneme Doctor, es que lo noto demasiado tranquilo, y a la vez muy preocupado por saber si lo han llamado por Teléfono. Yo me imagino que algo raro le sucede. ¿Es muy importante esa llamada que usted espera, o a lo mejor es la persona? Le advierto señorita Juliana que usted está aquí solamente para servirme como mi Secretaría, y para ayudarme en mi trabajo. ¡Para eso le pagan! Como usted ordene señor Esquivero. Ya que no quiere hacerme su confidente desde ahora en adelante solamente le informare lo que es relacionado a su trabajo, y si sucede algo en la oficina fuera de lo normal no se lo diré. Ahora con su permiso me retiro, voy a estar en mi escritorio a sus órdenes. La joven, y flaquita Secretaría muy enojada dejo solo en su oficina al joven Abogado, y regreso a sentarse frente a su escritorio en la modesta sala de espera donde hay tres Secretarías más muy pendientes de ella. > ¿Ya te dijo quién es la chica? No. Pero muy pronto me lo va a decir. Seguro que es una chica de barrio. Por favor Carlota, que chismosa tú eres. No comas ansias en saberlo, ya me lo dirá. No se les olvide que yo soy su secretaría privada. Rápido muchachas pónganse Mosca, miren que para acá viene el señor Madera. Las cuatro Secretarías rápidamente se sentaron en sus respectivas sillas y se mantuvieron ocupadas en lo que el presidente de la firma "MADERA Y ASOCIADOS" hacia su entrada en la oficina. > Buenas tardes. ¡Muy buenas tarde señor Madera! Todas saludaron a la misma vez, como algo que se ha practicado diariamente y por mucho tiempo. >> ¿Señorita Carlota, ya están todos aquí? No señor. Solamente han llegado el Licenciado Esquivero, y usted. Muy bien. Por favor señorita Juliana, dígale al Licenciado que pase a mi oficina porque tenemos que hablar. Si señor Madera, enseguida se lo hago saber. Señorita Carlota me traes la Carpeta de la señora Mercado, y también un vaso lleno de agua, y de una vez me alcanza la Sal de Frutas que no me siento bien del estomagó, parece que los tragos de anoche fueron muchos. Otra cosa. Si mi esposa me llama le dice que estoy muy ocupado con un cliente. Si señor Madera, como usted ordene. El Licenciado ENRIQUE MADERA es un hombre de estatura bajito, ya picando los sesenta años de edad, pero se mantenía físicamente en buen estado de salud, aunque siempre se queja de ser un calvo más en el mundo de los que no tienen ni un pelo en la cabeza, aunque siempre tenga los bolsillos llenos de dinero. El Licenciado Madera entro en su oficina privada, cerrando la puerta y Juliana enseguida fue avisarle al señor Esquivero. > > Licenciado, el jefe lo quiere ver.

¿Te dijo para que quiere verme? No. Pero a Carlota le pidió la Carpeta de la señora Mercado. Yo supongo que usted ya termino ese trabajo. Si. Ya ese litigio se ganó, y la señora Mercado quedo muy contenta con el resultado a su favor. Qué bueno, entonces usted no tiene por qué preocuparse. Juliana en mi vida el señor Madera es lo menos que me preocupa, pero hay unos ojos Amarillos, que me tienen un poco intranquilo. Me quiere usted decir que ya se enamoró. Yo enamorarme, lo dudo. Que la muchacha me gusta para pasar un buen tiempo sí. ¿Y de donde es la chica? Ella es Santiaguera. ¿Usted me quiere decir que se enamoró de una Guajira? Tenga usted mucho cuidado Licenciado, aquí en la Habana dicen que a la mujer Guajira les gusta amarrar a los hombres con Brujerías. Y yo le digo Juliana, que el Capitalino es más Brujo que el Oriental, además el Habanero tiende a exagerar lo que se habla en la calle sea verdad, o mentira. Se atreve usted a decirme en mi propia cara que nosotros los de la Capital somos todos mentirosos. De ninguna manera yo quise decir eso, y menos a usted que hace tiempo que nos conocemos, pero usted no puede negar que aquí en la Habana, en el barrio "San Miguel Del Padrón" está lleno de Santeros, Brujos, Babalao. Señor Licenciado se le olvido nombrar que también hay Espiritistas. Bueno

Juliana, en ese barrio hay de todo. Y usted no puede negar eso además el Capitalino habla mucho, y mete tremenda Cotorra. Esto me sucede a mi solamente por darle mucha confianza, mucha razón tiene mi Abuela cuando me dice que ustedes los Orientales son unos Guajiros Brutos, y mal educados, y que se aprovechan de las Becas que regala el Gobierno para poder venir a la Habana y educarse un poquito y usted señor Licenciado entro en el Colegio, pero lo que le enseñaron no le llego a su cerebro. Y quiero que sepa que me siento muy orgullosa de haber nacido en la Habana. ¡A buena honra! Espere usted Juliana. No se vaya, y tampoco se enoje conmigo. Mire que yo quiero hacerla mi confidente. ¡Yo su confidente, lo dudo! Mire Juliana, usted mejor que nadie sabe que yo no tengo muchas amistades aquí en la Habana. Con esa opinión que usted tiene de nosotros lo más probable que nunca encuentre ni un amigo aquí en la Capital. Juliana haciéndose la muy ofendida, se puso arreglar los papeles sueltos que se encontraban en el escritorio mientras que el Licenciado Miltiño Esquivero se disponía hacerla su confidente. > > ¿De verdad señor Esquivero que usted quiere hacerme su confidente? Si. Pero acuérdese Juliana, que en el sistema Judicial ser cómplice de un delito equivale a ser culpable también. ¿Es que usted tiene pensado matar esa Guajirita? ¡¡Nooooo, por favor Juliana nunca piense en eso!! Pero a lo mejor estoy cometiendo un Delito de Amor, si es que se le puede llamar así. Usted dijo un delito, eso quiere decir que usted ya se la comió y ahora tiene usted problemas con el Novio, con el Marido, o con la familia de la chica.

Usted Miltiño no es más ni menos que cualquier hombre ladrón, que se mete en un Gallinero y se roba una Gallina y la despluma, y después tiene miedo pagar las consecuencias que acarrea ese Delito. En este caso yo nunca podre ser su cómplice. Por favor Juliana, conmigo no se vuelva un Fiscal. Que yo no tengo toda la culpa de este Delito. Está bien. Hable rápido mire que no se le olvide que el señor Madera, lo quiere ver. Esa Rubia de ojos Amarillos la conocí una tarde de playa en un Restaurante Italiano en Guanabo, ¿Y que tu hacías solo por esas playas? Juliana no me retes, y mejor pregúntate que hacia esa Rubia que apenas había cumplido los diecinueve años de edad, caminando sola por la calzada principal de Guanabo que da hasta donde está el puente viejo. ¿Es que acaso tú no te diste cuenta que ella es más joven que tú? Por Dios Juliana, mira que no es un pecado que yo sea mayor que ella. Tampoco es un Delito que yo la haya confundido por una prostituta. Ya me doy cuenta usted fue a Guanabo en busca de una prostituta, habiendo tantas muchachas decentes aquí en la Capital. No es cierto lo que usted está pensando, yo fui a Guanabo a visitar una prima, que es hija de un tío que hace poco que falleció. Yo invito a mi prima al Restaurante Italiano y me tropecé con Belinda. ¿Así se llama la Rubia? Si. Pero lo menos que yo me imaginaba era que ella es la hermana menor del Doctor Núñez. ¿Usted quiere decir que la chica es la hermana menor del Licenciado Alfredo Núñez? Por favor baja la voz, mira que ella tampoco sabía que su hermano, y yo trabajamos juntos en la misma compañía. Ahora sí. Como dice mi Abuela, el negro cuando no la hace en la entrada, lo hace en la salida. ¿Juliana tiene usted algo muy personal en contra del color de mi piel? Ese es mi problema, que no tengo nada personal en contra de usted, solamente lo odio un poquito por ser tan ciego. ¡Como dijo! Que usted también es ciego cuando le conviene. ¿Y ya el Doctor Núñez lo sabe todo? Juliana deja de hacer tantas preguntas y espera que te lo cuente todo. Usted no ve el genio que se gasta conmigo, si me sigue alzando la voz me voy para mi escritorio. ¿Pero qué le pasa? Si la única que está casi gritando eres tú. Usted tiene la culpa porque me está hablando como si yo fuese su Belinda, y yo no tengo la culpa que esa Guajirita no pueda ser para usted. Juliana comprende como yo me siento, yo no estoy enojado contigo lo que sucede es que tú te pones hacerme preguntas como si tu fueras un Fiscal, y yo el acusado si todavía no estoy seguro de haber cometido ningún Delito de Amor. Muy bien como usted ordene, no le voy hacer más ninguna pregunta, pero eso si tráteme bien. Hace un poquito más de seis meses que el Licenciado Alfredo Núñez y yo nos conocimos en la Catedral de la Habana Vieja. Nos hicimos amigos y él me consiguió este trabajo. Ahora tengo que buscar la forma de resolver este problema, sin molestar a mi amigo. Belinda es la más joven de las cinco hermanas, y la más hermosa.

¿Juliana es que acaso usted conoce a la familia Núñez? Claro que si los conozco a todos. Hace varios años cuando ellos llegaron a la Habana se mudaron en el barrio La Víbora, justo en la misma cuadra donde yo vivo. Todos tuvieron muy buena educación, y según así progresaron consiguieron un lujoso Apartamento cerca del "Paseo Del Prado", pero esta Belinda tiene que tener mí misma edad veinticinco años. Bueno gracias a Dios, que yo solamente le llevó cinco años. Por favor Licenciado no se quite los años que ya usted tiene treinta y dos. Por favor Juliana, que todavía no los he cumplido. Señor Miltiño ahora que ya soy su confidente oficial, dígame si por casualidad usted alguna vez ha visitado el Apartamento de la familia Núñez. Solamente he visitado dos veces a la familia Núñez desde que conozco al Licenciado Alfredo. ¿Y lo trataron bien o mal, por lo menos dígame si fueron cariñoso con usted? Si usted se refiere a las hermanas, ellas son muy cariñosas al igual que la señora madre. Señor Miltiño. ¡Por favor Juliana, aquí en la oficina tiene que llamarme Señor Licenciado, no quiero que sus compañeras de trabajo puedan pensar otra cosa! ¿Qué otra cosa puede pensar María, Alicia, y Carlota de nosotros dos? Que es lo que usted está insinuando Miltiño. Yo no estoy insinuando nada, y por favor baje un poco el tono de su voz. Usted señor Licenciado es igualito que todos los hombres que tienen una imaginación muy larga, y se creen que pueden conquistar a todas las mujeres que hay en la Habana, y le digo que las hermanas del Licenciado Alfredo ninguna se han casado por qué les gusta más la buena vida que tener un marido que tengan que mantener. Y le digo que usted tuvo esa oportunidad de comerse a Belinda porque ella es la más joven, y también es la rebelde de la familia. Por favor Juliana. ¿Por qué en un drama de Amor siempre el hombre es el que comete el Delito? Pero en este caso es diferente, ella fue la que se provechó de mi inocencia haciéndome creer que ella es una prostituta, y que no me iba cobrar nada porque yo era el único cliente que la había tratado con mucho cariño. ¡¡Que mentira más Grande!! ¿Y usted se cree que el Licenciado Alfredo, y el papá de Belinda se traguen esa mentirota? Lo van a matar, y después se lo van a comer en pedacitos. Señor Licenciado tengo que ir al escritorio, ya tengo demasiado tiempo con usted aquí en su oficina, y como usted me dijo no sea que piensen mal de nosotros. Y usted es mejor que vaya hablar con el señor Madera, el pobre hoy está muy enfermo de la parranda que se dio anoche. Es muy probable que usted también anoche andaba de Rumba con el señor Madera. Sin decir más nada Juliana salió de la oficina, y se dirigió hasta el escritorio donde se encontraban esperándola sus compañeras de trabajo >> ¡Oye estuviste demasiado tiempo sola con el Licenciado! Por favor Carlota no empieces, que no sucedió nada entre él y yo. ¿Y es que se supone que suceda algo entre ustedes dos? María por favor, pare ya de estar pensando mal de Miltiño,

Que él no está enamorado de mí. ¿Y quién es la chica? Se llama Belinda, y es la hermana del Licenciado Alfredo Núñez. ¡No! No te lo creo. Sí, es verdad lo que les estoy diciendo, y es muy probable que hoy tenga que pedir su mano, y casarse con ella. Si todo es tan rápido es porque ya se la comió. Por favor Alicia baja la voz que nos pueden oír. Yo te lo dije Juliana, que ese negro es un "Come Callao", pero como tu estas enamorada de él por eso no me has hecho caso. Carlota que quieres que yo haga si mi Corazón es un órgano ciego, y muy tierno que se lo cree todo cuando se enamora. Entonces no seas boba, y no dejes que esa Pen. te lo quite. Y que quieres que yo haga si ya él se enamoró de ella. Yo no creo que el Licenciado este enamorado de esa muchacha como tú dices, más bien yo creo que el amor que tú le tienes al señor Miltiño, te producen celos horribles que te ciegan. Juliana tú tienes que saber cómo controlar esos celos peligrosos que tú tienes porque te pueden llevar a la conclusión de querer matar a Belinda, o al Licenciado. ¡Caramba Carlota, que forma de expresarte! Cualquiera que te oye puede pensar que ya tú pasaste por esa experiencia. Bueno sí. Aquí como ustedes me ven yo he tenido muchos encuentros con los hombres. Y Juliana, yo si te puedo decir que todos los hombres son unos descarados, que después que se pasan un tiempo comiendo de tu "Fruta" se van de tu lado a comer otra para ver si le sabe mejor, y lo peor de todo cuando la otra ya se cansó de ellos, entonces regresan a tu lado arrepentidos para que uno los perdone, y una viene de comemierda y vuelve a perdonarlo una y hasta tres veces, y si una toma un cuchillo y lo mata, entonces para la mayoría de las personas una cometió un "Delito de Amor" aunque algunas personas digan que estuvo bien hecho. Si muchachas, yo también me enamore, y me engañaron, por eso yo no perdono a ningún hombre todos son igualitos. Tú me perdona Carlota, pero en eso que tú dices que todos los hombres son igualitos, yo no estoy de acuerdo contigo. Las otras tres amigas cambiaron sus miradas hacia María, la mayor de edad entre las cuatro Secretarías. > > Miren me a mí. Yo me case con "Pompas y Corona, por la Iglesia". Mi matrimonio duro a pena un año y medio, tuvimos un hijo. Mi esposo me dejo por otra más joven que yo. Mi sufrimiento fue horrible, pero fui valiente y me trague ese trago amargo, un Domingo de misa fui a la Iglesia, y le pedí a San Antonio que me consiguiera un hombre que me quiera, y que también quiera a mi hijo. El Santo no se demoró mucho en cumplirme mi petición, y hoy en día el hombre que tengo cómo mi Marido me quiere mucho y también adora a mi hijo. Y yo le he jurado a "San Antonio" que no me importa el futuro, pero mientras él se mantenga a mi lado yo voy hacer hasta lo imposible para que él se sienta feliz. ¿Te das cuenta Juliana? María es una mujer que todavía vive a la antigua, y que se creen que el hombre de hoy son unos Santos caídos del Cielo.

Mira Carlota, tú eres mi amiga y yo no quiero discutir contigo, pero en las calles siempre se ha dicho que las mujeres que tienen muchos marinovios son muy fácil y débil de carácter, también muy caprichosas. Y el hombre solamente busca ese tipo de mujer para satisfacer su erotismo animal. Y el hombre que yo tengo ahora no es así. María tú no tienes ningún derecho para hablarme en tal forma, y te hago saber que los hombres que se han acercado a enamorarme son de la alta sociedad Capitalina, ninguno es un come Yuca, como el que tú tienes ahora. Por favor muchachas, no más insultos. Miren que eso duele. Mira Alicia, déjate de santita que tú también tienes tu historia, y bien larga hasta donde yo sé. Es verdad Carlota. Si tuve mi percance en mi vida, pero no se lo cuento a nadie cómo tú lo haces. Yo no soy quién para satisfacer la curiosidad de las demás personas. ¿Sucede algo muchachas, que las veo reunidas, y no están trabajando? Perdone usted Licenciado Madera, es que estábamos comentando sobre la noticia que salió en el Diario de la Mañana. ¿Juliana a que noticia se refiere usted? Está en la primera página del Diario. Una señora que vive en la Víbora, sola con sus tres hijos, y el que se supone que es el padre de los chicos llego a la casa, todo borracho y quiso maltratar a la señora que estaba planchando, y la mujer se defendió con la plancha caliente, que fueron tantos los golpes que le propino con la plancha caliente, que le quito la borrachera, y ahora el muy sinvergüenza reclama que fue agredido por la mujer. ¿Y ella que dice? Ella declara que el llego a la casa todo borracho, y que le dio varios piñazos, y que quiso violarla, que entonces ella agarro lo más cercano que tenía, la plancha caliente y con ella se defendió. Yo digo que la mujer hiso muy bien. Por favor Carlota, en estos casos no hay que ser tan radical. Primero tenemos que mirar en que partes del cuerpo el hombre tiene los golpes y las quemaduras. ¿Señor Madera, y que tiene que ver eso si ella se estaba defendiendo del agresor? Señorita Juliana yo la considero a usted una mujer muy inteligente, pero dese de cuenta usted en esto. Si el agresor tiene en su cuerpo demasiados golpes, y quemaduras en su espalda cualquiera Corte, o Juez puede estimar que el agresor ya estaba huyendo, o que se encontraba tirado en el piso sin poder defenderse lo cual en el sistema judicial automáticamente se convierte en una víctima. Cualquier Juez puede pensar que la mujer se aprovechó de la ocasión para vengarse de todas las penurias que le hiso pasar el esposo, y en el sistema judicial la venganza de un conyugue contra su pareja es considerada como un delito matrimonial. Señor Madera entonces usted nos quiere decir que es mejor asegurarnos que el hombre quede muerto, si total vamos a pagar por él, no importa en la forma que quede el muy desgraciado. ¡¡Señorita Carlota, yo no estoy diciendo, tampoco estoy sugiriendo nada!! Lo mejor que pueden hacer es ponerse a trabajar, que en cualquier momento llegan los clientes.

Capítulo # 2

EL DELITO DE ÉL

¿SEÑOR MADERA, USTED desea hablar conmigo? Si Miltiño, pero mejor entremos en mi oficina porque lo que es hoy estas mujeres están planeando un altercado emocional en contra de todos los hombres que no estén de acuerdo con ellas. La intervención del Licenciado Miltiño detuvo la discusión que estuvo a punto de formarse con el señor Madera. Los dos hombres entraron en la espaciosa y elegante oficina del señor Madera. >> Dígame Licenciado Miltiño. ¿Por casualidad usted sabe porque la señora Mercado viene hoy a Verlo? La verdad que no sé nada de tal visita. Mire usted Miltiño, usted es un buen Abogado, y también usted es el tipo de Mulato que cualquiera mujer Blanca le gustaría tener como esposo, o amante. Por favor señor Madera, no me ponga en tan alto escaño. No le miento Miltiño, porque yo también fui un joven Abogado, y la clienta que me daba la oportunidad nunca la despreciaba, pero como en esta vida todo tiene su precio vine a caer en las manos de dos mujeres que nunca voy a querer en la forma como debe ser cuando de verdad uno se siente enamorado. Si le hago saber esto es porque no quiero perderlo de mi Compañía. Usted es uno de los mejores Abogados que mi Compañía tiene, además usted me ha traído muchos clientes, y mucho dinero. Señor Madera, porque usted dice que no está enamorado de su esposa cuando ella es una mujer joven, y muy hermosa además ya tienen dos bonitas niñas. Con mi esposa yo me case por dos razones. La primera ella así lo quiso, y la segunda razón fue por toda la fortuna que heredo cuando su padre murió. ¿Y qué paso con la otra? Con la otra todavía estoy pagando todos los pecados que yo pueda tener en mi vida. ¿Y porque todavía? Para desgracia para mí, porque así es como yo lo creo y no lo dudo. La otra mujer que es mi amante, también es la madre de mi hija menor. Señor Madera usted tiene que explicarse un poquito mejor porque mi mente está tratando esclarecer lo que usted me ha dicho. Joven Miltiño, es muy fácil de comprender. Cuando mi esposa parió mi hija mayor, ya mi amante tenía cuatro semanas de embarazo. Y tan pronto nació mi hija menor la madre la estaba regalando porque la consideraba un estorbo para su negocio, yo le hice saber todo a mi esposa. ¿Y su esposa no se enojó con usted? No. Ella hiso todo lo contrario que suele suceder en estos casos cuando el marido le es infiel a su esposa. Mi esposa me pidió que le trajera la niña, que ella la hacía suya, siempre y cuando yo no tuviera más ningún hijo. Así quedamos de acuerdo mí esposa y yo. Pero mi amante para entregarme a la niña me hiso firmar un acuerdo en el que yo me comprometía

14

ayudarla mientras la niña fuese menor de edad. Hasta ahora he mantenido silencio, por este amarre en el que yo mismo he caído, pero siento que me estoy ahogando, y necesito hablarlo y contárselo a un amigo. Muchas gracias señor Madera por prestarme su confianza, y le aseguro que yo siempre guardare su secreto.

Miltiño, lo menos que a mí me interesa es mantener en secreto mi problema. Mientras más gente lo sepa, téngalo por seguro que voy a respirar mejor. ¿Y quién es la amante? Carlota es mi secretaria, Carlota es mi amante y también es la madre de mi hija menor. ¿Pero cómo es posible que usted la tenga trabajando en su Compañía? Resulto ser que la Policía le hiso una redada en el negocio que ella tenía en el barrio Colon en la Habana, y ella cayó presa. ¿Y qué clase de negocio Carlota tenía? Por favor Miltiño, use un poco de su imaginación. Carlota era la dueña de un Burdel, una casa de Prostituta. ¡Si usted no me lo dice, nunca me hubiese imaginado tal cosa de Carlota! Señor Madera, están tocando en la puerta. Es que siempre alguien tiene que molestarme cuando estoy ocupado. Entre por favor. Perdone usted señor Madera. Es que el Licenciado Núñez, acaba de llegar y ya está preguntando por el Licenciado Miltiño. Gracias Carlota, ahora puede retirarse todavía el Licenciado y yo no hemos terminado. Como usted diga. Miltiño se fijó usted en la forma que Carlota me miro. ¿Es que ella siempre lo mira así? Sí. Carlota siempre me mira con una expresión gobernativa, como si quisiera controlarme. Tenga usted mucho cuidado con Carlota. Mire que yo leído en un libro que las mujeres que tienen el mismo carácter que tiene Carlota les gusta matar a los hombres. Dios me libre de la rabia de Carlota, porque tengo intenciones de no soportarle más sus altanerías de mujer quedada para vestir Santos. Señor madera tengo que dejarlo ahora, porque tengo que hablar con el Licenciado Núñez, de algo que nos afecta a los dos. ¿Es de algo muy grave, que yo no puedo saberlo? Bueno es algo que tiene solución si se corrige a tiempo. Bueno Miltiño, entonces hágame su confidente. Una leve sonrisa cruzo por la cara de Miltiño, al escuchar la petición del señor Madera, y entrando en confianza le explico todo lo sucedido con la hermana del señor Núñez. >> Miltiño yo te puedo asegurar que esa mujer estaba en Guanabo buscándote. Ella ya sabía que podía encontrarte en un Restaurante, y no en un bar. Tú tienes que haberle mencionado en algún momento al Licenciado Núñez, que tú tenías planes de visitar a tu prima. Si, esa conversación él y yo la tuvimos la semana pasada, pero él no le dio mucha importancia. Aún yo sigo insistiendo que el Licenciado Núñez tuvo que haberlo mencionado en la casa y la tal Belinda, cómo mujer al fin lo planeo todo en un segundo. Joven Miltiño, ahora soy yo quien le digo que tenga mucho cuidado con ese tipo de mujer, que son familia de la "Raza Felina" no piensan mucho lo que van hacer, pero son muy astutas cuando van hacer la maldad. Ahora cuando entre en la oficina del Licenciado Núñez. Evite ser provocado, y compórtese como un caballero, que yo voy a estar pendiente. Sin despedirse, Miltiño salió de la oficina del señor Madera, ocasión que aprovecho Carlota para visitar otra vez al señor Madera. Carlota puedes retirarte a tu escritorio, que yo no te llamado.

Pero querido Juan Madera, tú crees qué contándole a tus empleados de nuestras aventuras de amor, tú estas

seguro que te puedes librar de mi tan fácilmente. No se
te olvide que yo tengo guardado en mi casa un poder
firmado por ti, y por tu querida esposa. Y ese poder dice
bien claro que me tienes que mantener hasta que la niña
cumpla los dieciocho años de edad. Carlota yo sé muy
bien lo que firme, y no hay ningún papel que me obligue
a verte todos los días, tampoco a que tienes que trabajar
a mi lado. Así que dalo por hecho que hoy es tu último
día de trabajo en mi Compañía. Y a la niña tú no me la
puedes quitar porque está inscrita en el registro civil como
hija natural de mi esposa y yo. Así que si tienes todavía
ese papel que yo te firme me puedes llevar a la Corte. Que
yo lo dudo que todavía tengas ese documento, porque el
día que te pusieron presa la Policía te limpio tu Burdel, y
quemo todos tus papeles. No te rías mucho Juancito, que
el Señor Notario tiene que tener su Libro de Recordatorio.
Por favor Carlota, mira que el Dinero no lo es todo en
esta vida, pero con mí dinero yo le he resuelto muchas
cosas buenas al Señor Notario. Desgraciado todos ustedes
son iguales, pero algún día yo voy a buscar la forma de
vengarme. Has un favor y no tires la puerta cuando salgas
de mi oficina. ¡No me voy, no me da la gana! Mientras
el señor Madera y su amante arreglaban sus diferencias
jurídicas a voz alta en tal forma que ya todo el Malecón
de la Habana lo pudo escuchar sin ningún problema.
Y tranquilamente Miltiño entraba en la oficina del
Licenciado Núñez. Después del saludo normal, y lo seco de
la confrontación ambos Licenciados se sentaron frente a
frente sin ningún temor, tomando la palabra el licenciado
Núñez. >> Miltiño usted no tiene que decirme nada mi
hermana ya hablo conmigo. Para mí es muy importante

que usted sepa todo lo que sucedió esa tarde en Guanabo. Miltiño es mejor para todos que usted mantenga silencio, y no hable con nadie sobre este tema. Y es mejor para usted y para su salud, que usted olvide este encuentro con mi hermana. ¿Y su querido padre ya lo sabe? ¡No! Y que nunca se entere. Por su propio bien se lo digo. Mi papá sería capaz de pagar para que lo maten. Amigo Miltiño, usted no se preocupe tanto por lo sucedido. Que yo sepa todavía no es un delito tener sexo con una mujer soltera. Hasta ahora que yo tengo entendido según me dijo ella, mi hermana solamente pasó un buen rato contigo, y no quiere saber más nada de ti. ¿Qué le pasa Miltiño, porque me mira en esa forma? Su hermana me utilizo como si yo fuese un muñeco de Marioneta. Solamente para satisfacer sus belicosos deseos. Miltiño yo comprendo como usted se siente, pero yo no soy culpable de nada. Levante su amor propio qué usted no es el único hombre que haya sido seducido por una mujer. Ríase de la vida. Belinda no lo quiere, y mañana se va para el Norte. Núñez yo me siento usado por su hermana. Amigo yo le entiendo muy bien, pero usted ha tenido mucha suerte.

Dicen que la mujer astuta se pone un vestido diferente todas las noches, y que sabe cómo seducir a su presa. Miltiño la próxima vez que usted tenga un encuentro con otra mujer, asegúrese que esa mujer no éste vestida de negro, porque "La Viuda Negra" tiene el veneno dulce en sus labios que deja a su presa seco de amor en tal forma que ese hombre más nunca se vuelve a enamorar otra vez. La verdad Núñez, que usted nunca me había hablado antes como lo está haciendo ahora. Amigo Miltiño en diferente forma que usted tropezó con mi hermana, en mi caso yo caí en un enjambre de Avispas. Y gracias a mi papá, y a mis hermanas que me ayudaron estoy vivo para contarlo. Ya han pasado cómo dos años de lo que me sucedió cerca de los Muelles de la Habana conocí una muchacha muy joven. Caruca así me dijo como la llaman un montón de hermanas qué tiene, para no cansarlo con mi historia resulto ser que todas practican la Brujería. ¿Y cómo su papá pudo sacarlo de ese lugar? Mi papá tuvo que darle mucho dinero a una de las Brujas que dice ser la Reina. Y que todas llaman doña Gerona. Se da usted cuenta amigo, que usted no es el único hombre que se haya enamorado de una Viuda Negra. Yo sé que ha pasado mucho tiempo desde que me separaron de ella, y sé que soy un hombre libre de su maldito veneno, pero todavía siento sus besos cuando me voy a dormir, muchas veces he sentido el calor de su cuerpo muy cerca al mío, y cuando me duermo me parece que otra vez estuviera haciendo el amor con ella. Y por la mañana yo amanezco todo mojado, y día tras día yo vivo esa realidad que se ha convertido en mi pequeño Infierno. ¿Ahora dígame usted porque no he podido olvidar esa joven vestida de negro? Licenciado Núñez, esa Avispa vestida de negro lo dejo embrujado para que usted regrese con ella cada vez que ella lo reclame mentalmente. Usted necesita la ayuda de una persona que se dedica a quitar esos Embrujos. Y yo conozco uno que vive en San Miguel Del Padrón, y lo llaman el Guajiro. Miltiño es mejor que olvidemos todo esto porque en cualquier momento está por llegar uno de mis clientes. Perdonen ustedes que haya entrado sin avisar. No se preocupe usted señor madera venga y siéntese aquí. Tiene que ser algo muy importante para que usted éste aquí en mi oficina. Es qué me da un poco de vergüenza con usted Licenciado Núñez, ya que usted no sabe nada de mi problema. Mire usted señor Madera, ahora mismo le estaba explicando a mi amigo Miltiño que no importa en qué forma, pero siempre viene a suceder que nuestro Delito De Amor siempre son las mujeres. Licenciado Núñez, ya puedo ver que para estas cosas usted tiene muy buena percepción. Usted pudo haber sido un buen vidente. Por favor señor Madera, referente a las mujeres yo soy un analfabeto. Pero yo estoy seguro que usted está lleno de mucha experiencia y conoce a las mujeres mejor que nosotros dos. Compañeros es verdad que nos quejamos mucho de las mujeres, pero que sería esta vida sin ellas.

Señor Madera yo creo que las mujeres son la perdición de los hombres. Miltiño por favor no las juzgues tan duramente, mire que su mamá ha sido una bendición de Dios para usted. Yo no me refiero a las madres. Y yo le vuelvo a repetir que su mamá es una mujer, es una hembra, y también es una madre. Usted señor Madera le pido perdón por no saberme expresar. Amigo Miltiño usted está perdonado, pero no crea que usted es el único que muchas veces piensan así. Hay días que yo quisiera tener una ametralladora y matarlas a todas, pero entonces Don Hilario, que es mi vecino de al lado muchas veces me dice si en esta vida que las mayorías de las veces nos apesta tanto. Si matamos a todas las mujeres, entonces de quien nos enamoramos, entonces no vamos a tener a nadie a quien echarle la culpa cuando cometemos un Delito grave, además sin mujeres quien nos va a esperar en la casa. Entonces yo le doy la razón a Don Hilario. Pero señor Madera, usted todavía no ha dicho porque entro en mi oficina un poco nervioso. Es que cuando salí del sanitario, pude oír como Carlota le decía a Juliana, Alicia, y también a María, de que ella es capaz de matarme si yo no le cumplo lo prometido. Y de Carlota se puede esperar de todo. Por Dios Santo señor Madera usted también tiene problemas de faldas. Así es Licenciado Núñez, ustedes dos no son los únicos que pudieran ser santos, yo también tengo mis problemas con las mujeres. ¿Por qué me miran así, si es verdad lo que les estoy diciendo? Compañeros nosotros los hombres amamos a las mujeres, las odiamos, y también sufrimos por ellas. Señor Madera. Por favor Miltiño, apúrese en lo que me va a decir mire que hoy tengo mucho trabajo. Yo solamente quería preguntarle si en una relación quien sufre más el hombre, o la mujer. Yo digo que sufre más aquel que quiere más que el otro. Porqué él otra muchas veces se aprovecha de tal circunstancia y hace sufrir a su pareja, naturalmente no en todos los casos sucede así. Porque yo he conocido parejas de enamorados qué ningún de los padres están de acuerdo con esa relación, y ambos han sufrido mucho para evitar ser separados por la familia. Nos vemos más tarde, lo mejor que pueden hacer los dos es ponerse a trabajar porque los problemas de faldas no se resuelven tan fácilmente. Sin pronunciar otra palabra más el señor Madera abrió la puerta y se encamino hacia su oficina encontrándose con el Licenciado Carlos Savedra en el pasillo principal que da al recibidor. >> ¿Amigo Savedra que le paso hoy, o no tenía ganas de levantarse? Perdone usted señor Madera, es que mi suegra nos hiso pasar otra mala noche. ¡Y la muy condenada que no se muere! Tenga usted paciencia con ella, mire que la gente no se muere cuando uno quiere que se mueran. El problema es que el Doctor dice que la vieja está bien saludable, y que el único problema que ella tiene es la edad. Pero lo que más me asusta es que el Doctor me dijo que cualquiera de mi familia se podía morir primero que ella.

Capítulo # 3

EL DELITO DE ELLA

MIRE USTED CARLOS, usted no tiene por qué preocuparse por eso yo estoy seguro que el Doctor se lo dijo cómo una broma con usted, y no pensó que eso le fuese afectar tanto. Ahora con su permiso lo dejo solo porque tengo muchas cosas que hacer y parece que hoy por ser día lunes nadie quiere trabajar. Tan pronto el señor Madera entro en su oficina el Licenciado Carlos llamo a su secretaria Alicia, y los dos entraron en la oficina. >> ¿Dígame usted Licenciado, en que puedo servirle? Alicia tráigame la Carpeta de Arturo y Josefa. Me traes un Café, y también dígale a Carlota que venga a verme, que tengo que hablar con ella. ¿Qué le sucede Alicia, porqué me mira en esa forma? Es que me sorprende que usted quiere hablar con la secretaria del señor Madera. Alicia baya hacer lo que le dije y no se preocupe mucho con quien yo quiero hablar. Si licenciado, enseguida voy hacer lo que usted me pidió.

Sin preguntar más nada la joven secretaria salió de la oficina, y rápidamente fue hablar con Carlota. >> Mi jefe quiere hablar contigo. ¿Conmigo? Si Carlota contigo quiere hablar, y te hago saber que el Licenciado Carlos esta hoy de muy mal genio. ¿Por favor Alicia que te dijo el Licenciado que te has puesto tan nerviosa? Prácticamente me dijo que no me metiera en sus cosas, que él hablaba con quién le daba las ganas. ¡Te fijas Juliana, que todos los hombres son unos malcriados! Alicia estoy de acuerdo contigo porque el Licenciado Miltiño muchas veces se porta como un patán conmigo. ¡Y yo lo odio cuando se pone así! ¿Y tú Carlota, ahora para dónde vas? Juliana voy a ver qué es lo que quiere Carlos conmigo. A lo mejor yo le gustó mucho y hoy es el día que ha decidido decírmelo. ¡Caramba Carlota, eres más fresca que una Lechuga! ¿Quién tú te has creído que eres, una Modelo una Artista de cine? No sufras tanto Alicia, que entre las cuatro yo soy la que tiene más edad, pero soy la más sexi y la más bonita, y estoy segura que yo tengo más experiencia para conquistar un hombre, que ustedes tres que solamente se dedican a enamorarse de esos tipos que caminan las calles del barrio vendiendo pan, arreglando carros en las calles, del hijo del Carpintero, o del Zapatero y otros más. Si tú supieras Carlota, que el hombre de barrio muchas veces es más honrado, y más macho que el hombre educado que muchas veces se vuelve demasiado fino y cuando está en la cama una tiene que decirle lo que tiene que hacer porque no sirven para nada, para lo único que sirve el hombre faldero es llorar cuando una mujer no lo quiere. Por lo que sea el hombre de barrio es muy macho cuando una mujer le dice que no lo quiere más él le contesta, "No me importa chica, más adelante vive gente" y esas palabras nosotras la sentimos como un Aguijón que se entierra en nuestro pecho, y nos molesta diariamente por un largo tiempo sin dejarnos vivir tranquilas. Alicia paro de hablar al darse cuenta que sus tres amigas la escuchaban en silencio, y con las bocas abierta en una forma sugestiva. >>

Pero sigue hablando muchacha, no pares de hablar y tú vas a ver qué bien una se siente cuando saca todo eso que tenemos guardado en nuestro Corazoncito. Bueno si... es verdad todo lo que he dicho. ¿Y tú Carlota de que te ríes? Perdóname Alicia, pero tú de señorita ya no te queda nada. Y nosotras que creíamos que tú eras la única señorita del grupo. Bueno de ustedes ha sido falta de confianza, porque si me lo hubieran preguntado yo les digo la verdad. ¡De verdad Alicia, o lo dices porque se te fue la lengua! Mira Carlota yo también fui a la cama con un hombre que me prometía "Villas y Castillos", y yo se lo creía porque estaba enamorada de él, y sufrí un largo tiempo a su lado y si es un Delito Amar en la forma que yo lo ame, pues que me castigue Dios, porque yo viví, y disfrute sexualmente todo el tiempo que él estuvo a mi lado, y no me arrepiento de nada. Y si él vuelve a buscarme lo vuelvo hacer, porque el muy condenado sabe cómo volverme loca. ¡Y eso me gusta! ¿Y ahora ustedes se han quedado callada, porque me miran así? Es que nosotras nunca pensamos que tú, bueno tú siempre has sido la más tranquila entre nosotras. Mira Juliana, que yo sea tranquila eso no quiere decir que no tenga la música por dentro. ¡Chica y mucha música que tienes por dentro! María tú no puedes decir nada de mi porque tú también eres una come calla. Tú también tienes tu historia. Mira Alicia yo no puedo decir nada malo de ti, tampoco de ustedes en general. Pero lo único que me diferencia de ustedes tres es que ustedes siempre andan buscando un marido entre la alta Sociedad Habanera. Mi único problema siempre ha sido que todos mis marinovios siempre han sido menores que yo, pero en fin eso no es mi culpa porque yo no soy racista, y cuando un hombre me toca yo no miro la edad que pueda tener, tampoco me importa si es negro, blanco, pobre, o rico. Lo único que demando del hombre con quien me voy a compartir la misma cama es que sea dulce, romántico, y ardiente en el sexo. Esas tres cosas me hacen sentir que todavía soy una hembra apetecible por el macho que tengo a mi lado. Es verdad que yo sufrí mucho, pero reconozco que yo fui la culpable de todo lo que me sucedió por no hacerle caso a mi familia. Yo me enamore de un hombre joven, ya casado y con un hijo. Mi familia me dijo que dejara esa familia tranquila, que ese hombre nunca seria para mí. Yo me tape mis oídos y con mis encantos de mujer astuta logre atraerlo hacia mi cama. Sin darme cuenta que había cometido un Delito tan grave como romper la paz sagrada de un matrimonio, lo retuve a mi lado por casi un año. ¿Pero maría, porque no lo tienes a tu lado si tanto lo querías, que paso con él? Carlota, sucedió lo que siempre ocurre en estos casos cuando una le roba el hombre a otra mujer. Él muy hijo de su P.M. me dejo por una más fea que yo. ¿Se dan cuenta muchacha, que todos los hombres son igualitos? Y no importa de donde vengan. Por eso yo Carlota, el hombre que me juega sucio le pego los Tarros (cuernos),

De esa forma nunca se olvidan de mí. Tú me perdonas Carlota, yo puedo llegar a odiar a un hombre, pero yo no llegaría a pagarle con la misma moneda, y mucho menos en la forma como tú lo dices. Tú ves Juliana, es por eso que el Licenciado Miltiño hace de ti lo que le da la gana. Porque tú eres muy suave con él. ¡Un momento Carlota, y no te equivoques que yo todavía no me he acostado con el Licenciado Miltiño! No te has acostado todavía con él Licenciado porqué a él le han faltado las agallas para insinuártelo, pero tan pronto lo haga la felicidad va a llegar a tu cuerpo porque tu estas que te derrites por estar entre sus piernas. Carlota es mejor para ti que ahora mismo vayas a ver qué cosa quiere el Licenciado Carlos de ti. Seriamente te lo digo que eres una "Chusma". Muy sonriente, y a punto de soltar una carcajada, Carlota se separó de sus compañeras meneando sus caderas como las palmeras del Trópico. Y tan pronto doblo el pasillo el señor Madera salió de su oficina y le pregunto a las muchachas. >> ¿Ya se fue Carlota? Porque me miran así en esa forma. Haber tu Juliana contesta mi pregunta que yo sepa ninguna de ustedes son muda. No ella no se ha ido. Fue a ver al Licenciado Carlos. ¿Es verdad que usted la despidió de la Compañía? Si. Es cierto, Carlota no puede trabajar más aquí. ¿Pero señor Madera, porque hiso eso? Porque Carlota no cumplía con su trabajo, además se portó muy mal conmigo. Yo sé que ella anda diciendo que sería capaz de matarme. No señor Madera, Carlota nunca ha dicho eso entre nosotras. ¡¡De verdad Juliana que ella nunca lo ha mencionado!! Bueno ella de vez en cuando ha dicho que ya usted tiene cosas de viejo. Cómo pudo decir tal cosa de mí. ¿Y usted Juliana que dice de mí, usted también cree que ya yo soy un viejo? ¡Nooo señor Madera! Usted todavía esta entero, la gimnasia lo mantiene fuerte como un Roble. Usted María, búsqueme dos calmantes con un vaso lleno de agua y pronto que me duele mucho mi cabeza. Yo no sé qué es lo que le pasa este día que yo siento que el aire que respiramos está muy cargado. Buen día señor Madera. Señora Mercado usted aquí en la oficina tan temprano, eso quiere decir que la primavera también entro con usted, Pero por favor tome asiento en lo que la señorita Juliana le hace saber al Licenciado Miltiño, que usted está aquí esperando. Gracias señor Madera, siempre usted me hace sentir bien. Dígame qué podemos brindarle de beber. Tráigame un Whisky con hielo, que eso me refresca mucho. Alicia enseguida tráigale lo que la señora Mercado pidió. ¿No le parece que es muy temprano? Alicia traiga lo que le pido. Si señor Madera enseguida le traigo dos Whisky con hielo, porque usted también debe de tomarse uno. En el preciso momento que Juliana le va a decir al Licenciado Miltiño de la llegada de la señora Mercado, también Carlota entraba en la oficina del Licenciado Carlos Saavedra. >> ¿Para qué diablos me quieres ver? Ya puedo darme cuenta que éstas muy enojada contigo misma.

Y que otra cosa puedo hacer si últimamente todo parece que el mundo entero estuviera de acuerdo en molestarme. Pero Amorcito el día que tú dejes de hacerte la victima entonces el mundo se va a dar cuenta de cuanto tú vales, pero si siempre pretendes vivir con la misma mentira tenlo por seguro que en cualquier momento te van a descubrir y eso va a ser peor para ti. Carlota yo no quiero perder a mi hija, y estoy dispuesto a decir la verdad si es necesario. No hables estupideces, que si el señor Madera se entera de toda la verdad sería capaz de meternos a los dos en la cárcel. Naturalmente como tú eres un Abogado con mucho dinero para ti eso no es ningún problema. Yo estoy segura que probablemente tú no llegarías a visitar ninguna celda, pero a mí ya me conocen y si vuelvo a caer en una Corte mis enemigos van a pagar para que me pudra en la prisión. Pero es que no te das cuenta Carlota que cuando tú tenías tu famoso negocio te portaste muy mal con tus clientes. Los amenazabas con llamar a las esposas si no te daban dinero suficiente, y eso es un delito mejor dicho es un "Chantaje". Por eso te creaste muchos enemigos entre la gente adinerada de la Habana. Carlos quiero que sepas que no es mi culpa ser tan bonita, y que tengo este cuerpo de Guitarra que cualquier hombre casado desearía que su esposa fuese así como yo soy. Porque tu Carlos te vuelves loco cuando me ves desnuda. ¿O es que ya no te gusto? Déjate de tanta Cotorra, que si te mande a llamar no es para hablar de ti. Ya el tiempo que te di se acabó, no te voy a dejar que me sigas con el mismo *Chantaje. Quiero que me regreses a mi hija, ni el señor Madera, tampoco tu son los padres de esa niña. Tú sabes muy bien que yo soy el padre legitimó de esa niña, y que su verdadera madre fue una de tus trabajadoras con la cual frecuentemente yo me acostaba en tú "Bayú". Y yo te advierto Carlos, que si sigues acosándome voy hablar hasta por los codos, y ya veremos a quien le va ir mejor. Porque este Delito es tuyo, tú lo empezaste. Tú no querías que tu flamante esposa se enterara que tú habías tenido una hija fuera del matrimonio, en ese momento yo necesitaba mucho dinero para cerrar todos los casos que tenía pendiente en las Cortes. Tú me diste ayuda en esos casos que yo tenía pendiente, y yo te ayude a esconder a tu hija. De todo este Delito tuyo el único que salió un poquito perjudicado es el señor Madera, y sin embargo el pobre se creyó el cuento de que yo le había parido una hija, y hoy él y su esposa, están muy feliz con su hija. Carlos no nos es conveniente alborotar las Abejas, porque tú y yo, saldríamos perjudicados. Pues yo se lo dije a mi esposa, y ella está de acuerdo conmigo. Pues dile a tu querida esposa que se olvide de todo esto porque ya no se puede hacer nada. Y te advierto Carlos que si tú llegas hablar yo lo voy a negar todo. Y vamos a ver a quien le van a creer si a ti, o a mí. Porque yo me voy a defender, y llegado el momento si tengo que matar alguno de ustedes lo hago.*

Yo sé que tú eres muy ambiciosa, pero también eres muy cobarde, y tu peor enemigo es el miedo de caer en las manos de un Juez, así que estás advertida te doy un plazo de tres meses para que me devuelvas a mi hija, si no lo haces todos muy pronto nos veremos frente a un Juez, y ya veremos quién gana, y quien es el que pierde. Muy enojada, y sin decir ni una palabra más Carlota sale de la oficina del Licenciado Carlos empujando la puerta violentamente y dirigiéndose hacia el recibidor, bruscamente se sentó en su silla y Juliana le pregunta. >> ¿Carlota que te sucede que estas tan nerviosa? Como quieres que éste, primero el bruto de Madera me bota del trabajo, y ahora el Licenciado Carlos me amenaza. ¡Todos los hombres son unos mal agradecidos! Si la mujer los quiere mucho se quejan, y si la mujer le pega los tarros también se quejan. Así que aprendan de mí y miren por todas las vicisitudes que paso con estos hombres después de haberles entregado mi cuerpo. Juliana tú tienes que ponerte fuerte con Miltiño, no seas boba y no le entregues tu cuerpo gratuitamente. Perdóname Carlota,

pero tú sigues confundida conmigo. ¡Yo no soy como tú eres!
Yo si amo a Miltiño, y por un momento de placer no quiero
manchar este amor que tengo por él. Bueno tú te lo pierdes,
después no digas que nadie te lo dijo. ¿Y ahora donde está
tu querido Licenciado? Está en su oficina con la señora
Mercado. Juliana yo diría que los dos llevan demasiado
tiempo encerrados en la oficina. Por favor Alicia no seas
mal pensada, yo no creo que Miltiño se atreva a molestar a
la señora Mercado estando nosotras tan cerca de la puerta
de su oficina. A lo mejor el Licenciado Miltiño no se atreva
hacer tal cosa, pero yo estoy segura que la señora Mercado
si se atrevería a seducirlo. Pero María, tú también piensas
mal igual que ellas. Lo que son ustedes se pueden cortar
con la misma Tijera que yo estoy segura que no sale ni
una gota de sangre. Por favor Juliana no seas ingenua, hay
veces que te portas como una niña de siete años, fíjate que
la puerta de la oficina del Licenciado Miltiño está hecha
de vidrio, y el muy inocente mantiene la persiana cerrada
para que nadie pueda mirar lo que la señora Mercado y él
están haciendo en privado. ¡Pónganse mosca, que otra vez
viene el señor Madera! Alicia por favor búsqueme un vaso
lleno de agua, con dos calmantes. Yo se lo llevo a su oficina
señor Madera. Yo dije Alicia. Carlota lo que es a mí, yo no
recibo más nada de ti. Tú serias capaz de envenenarme.
Deberías tomar un poco de ejemplo de tus compañeras
que si son unas muchachas decentes. Alicia consígueme lo
que te pedí. Si señor Madera enseguida voy a la Botica por
los Calmantes. Espere un momento señor Madera, tú y yo,
tenemos que aclarar algo muy importante. Carlota nosotros
no tenemos nada de qué hablar, así que déjame tranquilo
y vete para tu casa. ¡Hooo si nosotros si tenemos mucho de

qué hablar! Lo que es hoy te has propuesto a joderme la vida. Sin parar de discutir con el señor Madera,

Carlota caminaba a pasos lentos detrás de él, hasta que los dos entraron en la oficina y cerraron la puerta. Mientras que en la oficina del Licenciado Miltiño se ventilaba otro aire diferente al de color de Rosa. La señora Mercado sujetaba fuertemente a Miltiño por la cintura, y sus brazos parecían unos tentáculos que atraían a Miltiño hacia su cuerpo y suavemente la señora Mercado le hablaba con mucha ternura. >> La culpa de todo lo que siento por ti solamente la tienes tu por haberme besado tan tiernamente aquel día en el Restaurante. Pero eso fue un beso de cortesía con usted. ¡Pues mira cómo me dejaste! Qué tal si me das un beso apasionado que yo estoy segura que si tú lo quieres, yo también lo quiero. Los labios sensuales de la señora Mercado, alcanzaron los labios húmedos de Miltiño, y se unieron en un beso largo, largo, y re que te largo. >> ¡¡Pero que bruto eres has hecho que me falte la respiración!! Tedas cuenta Amorcito que estamos hecho el uno para el otro. La puerta de la oficina se abrió bruscamente apareciendo Juliana con una sonrisa en su cara al darse cuenta como Miltiño, y la señora Mercado se encontraban abrazados muy tiernamente. >> Perdone usted Licenciado Miltiño, pero como según parece usted está ya apuntó de terminar con la señora Mercado, el señor Madera quiere que usted revise el problema matrimonial de la familia Del Toro. Aquí tiene usted la carpeta. Caramba señora Mercado, pero no me había dado cuenta que hermosa usted se ve vestida completamente de color Negro, y ese collar blanco y rojo, le luce muy bien. Muchas gracias señorita. Más con ese sombrero negro de alas anchas se parece usted a la

"Viuda Negra" de la película. Es suficiente Juliana. Retírese y no regrese hasta que yo la llame. Como usted diga Patrón. Juliana cuando salga por favor de no tirar la puerta, mire que está hecha de Vidrio. Como usted ordene mi Amo. Pero Juliana no hiso caso y tiro la puerta haciendo que la oficina del Licenciado se estremeciera, y con la rabia en la cara fue a sentarse al lado de sus compañeras de trabajo. >> Por favor Juliana, no te comas las uñas de esa manera, mira que me vas a poner nerviosa. Perdóname María, pero tengo conmigo mucha rabia y no la puedo aguantar. Siento que el Odio está ocupando mi cuerpo. Dime María. ¿Cuántos años de cárcel le echan a una mujer por matar un hombre? Bueno son veinte años de cárcel, pero hay excepciones. Si es en defensa propia creo que son doce años, pero si es un "Delito De Amor" y el Juez te toma un poco de compasión, te puede dar seis años de probatoria en tu casa dependiendo de que tú te porte bien. Eso fue lo que le dieron a mi mamá por matar a mi padrastro. ¿Y porque tu mamá lo mato? Era un día de clase y mis hermanos y yo estábamos en el Colegio, y mi mamá fue al mercado y el muy hijo de su madre metió otra mujer en la casa, en la cama, pero parece que a los dos se les olvido que mi mamá tenía que regresar. Sin hacer ruido mi mamá fue al Jardín y lo único que encontró fue el Azadón,

Capítulo # 4

EL DESEO DE MATAR

FUE TAN DURO el golpe que le propino a él, que le rompió el cráneo, a ella solamente logro darle dos golpes por la espalda porque ella salió corriendo desnuda por la calle, y los vecinos la protegieron. El Juez dijo que ellos dos eran los culpables de todo lo sucedido, y que mi mamá era una victimaria inocente. ¡Así que tu mira bien en que circunstancia tú piensas matar a Miltiño, para que el Juez se apiade de ti! ¿Por qué tú piensas que yo quiero matar al Licenciado? Porque antes no tenías una contrincante que seriamente te lo quiera quitar, pero ahora se apareció la "Viuda Negra" y no puedes negarlo que la señora Mercado es más hermosa que tú y que tiene el poder que solamente nos da la naturaleza, así como es la señora Mercado. ¿Y cómo es ella? Ella es persistente y segura de su personalidad, es astuta como una Gata, y cruel como una "Viuda Negra" que teje sus Redes con mucha paciencia, y cuando su hombre cae entre sus brazos le da a beber el Elixir dulce que brota de sus tentadores labios, y cuando su hombre se va de su lado o se mueren, ellas nunca sufren porque están dotadas para ser amadas por el hombre para toda la vida, porque ellas siempre están protegidas por una "Madama", o por Cupido el Dios del Amor. ¿María y como el hombre se quita ese Embrujo? Señor Núñez, perdone usted yo no sabía que usted estaba escuchando. ¿Contésteme María, por casualidad usted sabe cómo se rompe el Embrujo de la "Viuda Negra"? dicen que tiene que ser un Espiritista que tenga contacto con los Ángeles, y con los Arcángeles, pero también he oído decir que la única forma de que el hombre pueda caer en ese Embrujo es Besándola. ¿Señor Núñez, es que acaso usted ha Besado alguna "Viuda Negra"? Si María, y no hay una noche en que yo pueda dormir tranquilo. Desde que la Bese mi vida es un martirio, solamente pienso en ella, y sufro mucho si no estoy con ella. Señor Núñez yo me imagino por todas las penurias que usted está pasando. Pero le voy a decir un secreto que mi Abuelo que es de los Campos de oriente decía que la forma efectiva para quitarse el Embrujo de la "Viuda Negra" es cortándole la cabeza y tirarla al fuego vivo. ¿Es que acaso tu Abuelo era un Brujo? Pues mira que si Juliana, mi Abuelo era un Brujo de los buenos. Pero María, estás hablando conmigo. Tienes que decirme como es que se hace eso que dice tu Abuelo. Mire señor Núñez, usted coge a la mujer que beso, la amarra bien, le tapa la boca para que no grite, se busca un Machete bien afilado, la agarra por la cabellera, y pun, de un solo viaje le corta la cabeza por el cuello. Después hace una Hoguera y quema la cabeza por completo. La Araña perdió la cabeza, el embrujo también desaparece. ¿Señor Núñez, usted no va hacer lo que dice María? Y porque no. Si esa es mi única solución para curarme de este mal. Sin decir más nada el Licenciado Núñez regreso a su oficina. >> ¿Ya viste María lo que causaste? Ahora el señor Núñez está pensando como cortarle la cabeza a esa mujer.

¡¡Deja que la mate!!Total el pobre no se ha dado ni cuenta que yo también estoy interesada en él, porque esa Araña lo tiene poseído, lo pone cómo un Zombi, cuando lo quiere tener en su cama. Pero eso que él piensa hacer es un crimen matar a una persona. Déjate de bobadas Juliana, que este mundo está mal repartido, ese tipo de mujer solamente con mover las nalgas ya tienen diez hombres que le ofrecen matrimonio. Y nosotras para conseguir un hombre la mayoría de las veces tenemos que prenderle una vela a San Antonio, para ver si se conduele de nosotras las olvidadas. María me asustas esa forma de ser, yo no sabía que tú eras así, tan posesiva. A lo mejor soy nieta de mi Abuelo. Ya estoy cansada de pedir las cosas y que no me las den, he decidido desde ahora en adelantes tomarlas por mi cuenta y la que se interponga en mi camino si tengo que matarla lo hago en la misma forma que lo hiso mi mamá con mi padrastro. El crimen tiene que ser que parezca como un Delito de Amor, frente a los ojos de un Juez. Mira ya viene Alicia. ¿Por qué vienes sudando, es que acaso estabas corriendo en un maratón? Es que ese tipo que siempre está limpiando Zapatos frente de la Botica, siempre me está molestando. ¿Alicia que te dijo ese tipo hoy, que te puso tan coloradita? María olvidemos eso, que no tiene ninguna importancia. Muchacha habla ya o soy capaz de matarte. El muy salvaje me agarro por un brazo y se pegó a mi cuerpo en tal forma que yo sentía su calor, y me dijo que el soñaba todas las noches que me tenía entre sus piernas y que me chupaba todita. Y se acariciaba su órgano con las manos para que yo viera que lo tiene grandote. ¡¡Pero que salvaje, que mal educado es ese tipo!! ¿Y tú no le diste una bofetada? Como tú crees que yo voy hacer eso Juliana. Si me gustó mucho. Ningún hombre se había atrevido a decirme que me deseaba en la forma que él lo hiso, que provoco que sintiera un sabor delicioso en mi boca. ¿Y se le notaba la cosa grande, o la tiene chiquita? ¡María por favor, que clase de pregunta es esa! Yo no sé qué te sucede hoy, te estas convirtiendo en una chusma. Juliana yo no sé porque te asombras que yo haga esa pregunta si ya tú no eres ninguna señorita. Y a ti Alicia te hago saber que en el amor el tamaño importa, así que habla y no le hagas caso a Juliana. Bueno según yo pude darme cuenta en la forma que él se lo agarro, yo diría que tiene nueve pulgadas de largo. ¡¡Quééé… bruto!! Ese hombre está desesperado por meterte mano. No pierdas esa oportunidad que tamaños como ese no se dan todos los días. Chusma, chusma, chusma que son las dos. O Dios mío, ya viene Carlota y está muy enojada. Yo no sé qué le pasa a este viejo, que hoy está hecho un imposible. Si tú no lo aguantas que eres su Amante, que diremos nosotras. Está muy bien María que yo soy la Amante, pero toda la Habana no tiene por qué saberlo. ¿Y ahora que tú quieres de él? No puedo decírtelo. No puedes o no quieres decirlo. Carlota habla ya.

Mira que aquí todas somos compinches en el Delito. Es que yo quiero seguir trabajando aquí con ustedes. Y el muy desgraciado me propone a cambio de mi trabajo no pasarme la mensualidad que me manda todos los meses. Ese dinero que tú recibes de él es por una de sus niñas. Ya puedo darme cuenta que ustedes saben mucho, o demasiado de mí. No te sientas ofendida querida Carlota, porque tú ya nos conoces de pies, hasta la cabeza. Dime una cosa Carlota. ¿Qué tiene que ver el Licenciado Saavedra entre ustedes dos? No sé. ¿Porque me lo preguntas Juliana? Te lo pregunto porque el Licenciado Saavedra acaba de entrar en la oficina del señor Madera, y me pareció que estaba muy agitado. Muchachas por favor no me hagan hablar miren que es un secreto muy grande que me puede llevar a la cárcel. En este mundo en el que vivimos ningún hombre se merece que una mujer baya a la cárcel por ellos, que siempre han sido unos Tiranos con nosotras las mujeres que nos obligan a parirle sus hijos, a que le lavemos sus Calzoncillos sucios, nos convierten en sus esposas y Amantes, convirtiéndonos en esclavas de la prostitución, y cuando se cansan de nosotras nos tiran a la calle como si fuéramos animales con Sarna. Señora Mercado usted perdone, pero no nos dimos cuenta de su presencia. No se preocupen muchachas, no pude evitar oír todo lo que ustedes estaban hablando. Y yo les aconsejo personalmente que dejemos de ser sumisa frente a los hombres, y a los muy sinvergüenzas hay que hacerle ver que lo que papá Dios nos puso entre las piernas vale Oro, y que si ellos lo quieren tener tienen que sacrificarse por nosotras. Señora Mercado yo estoy de acuerdo con usted. Muchas gracias Juliana, pero contigo no es suficiente para estos cuatro Abogaditos que se creen que se la saben todas cuando se refiere a una relación con las mujeres. Pero usted debe de enseñarnos un poquito como defendernos de los hombres. Por ahí dicen que las Viuda Negra conocen todos los secretos del Amor. Alicia no es correcto que llames a la señora Mercado por ese nombre. No es molestia Juliana, ya estoy acostumbrada que muchas personas me llamen así. Señora Mercado yo quisiera ser una damisela, así como lo es usted. Juliana cualquiera mujer puede convertirse en una Viuda Negra. Lo único que tiene que hacer es practicar mucho, y dedicarte por completo a lo que más tú deseas en tu vida y tienes que tener mucha paciencia cuando cometes un error porque entonces tienes que empezar desde el principio para una descubrir donde cometió la falta, y que no vuelva a suceder. Pues mire usted, siéntese aquí que oficialmente nosotras la declaramos nuestra maestra en el Amor. Lo primero que ustedes tienen que saber que el Amor del hombre es muy diferente al Amor de la mujer. El Amor del hombre siempre es machista, no importa lo débil, y entregado que se comporte el hombre con su pareja. Él siempre quiere ser el macho de la casa. El amor de la mujer es sumiso, y entreguista.

El hombre cuando es traicionado por la mujer no razona, y mata la mujer, y también a sus hijos con eso demuestra la parte débil de su sexo. La mujer cuando es traicionada por el hombre, se convierte en una Gata herida, se vuelve astuta, y asimila el terreno que está pisando antes de darle un arañazo al traidor, y después se va a festejar su Venganza buscando siempre de que el traidor se entere de que ella se ha liberado de él. Pero cuando el compañero es un buen proveedor, y también es un buen Amante, entonces la Viuda Negra se queda con él haciéndole compañía hasta el último día de su muerte. Que por naturaleza primero muere el hombre, pero la Viuda Negra tiene una vida larga y muy pocas veces envejece, naturalmente en ese proceso cuidamos nuestro cuerpo. ¿Entonces nosotras primero tenemos que conocer que es el Amor? Así es Juliana, ese es el primer paso que tienen que dar si quieren ser igual que yo, después que lo entiendan se darán cuenta que en una relación el que más quiere es el que más sufre. Muchachas nosotras siempre somos las que sufrimos más, porque en el Amor nos entregamos al hombre desnuda en cuerpo y Alma, y ellos muy pocas veces aprecian lo que están saboreando en su cama, y nos tiran hacia un lado y se van a buscar otra que los hacen sufrir, y después entre amigos se ponen hablar de la buena, y de la mala y terminamos pagando en la boca de ellos todas juntas como pecadoras. Por eso nosotras tenemos que hacer un pacto, y mantenernos firme que nunca seremos frente al hombre el sexo débil. Muchachas levanten sus manos y repitan conmigo. Desde hoy en adelante el hombre que quiera estar a mi lado tiene que ser un buen proveedor, y un buen Amante. ¡¡Lo juro!! Mientras las mujeres se unían en un juramento de venganza, el señor Madera se reúne en su oficina con sus tres Abogados. >> ¿Qué le sucede señor Madera, para que nos quiere aquí en su oficina? Por favor Miltiño, es que no te has dado cuenta lo que están haciendo Carlota, y Juliana. La verdad que no me he fijado que hacen. Entre las dos están planeando una Revolución de mujeres en contra del hombre. ¿O es que nunca has oído mencionar las Liberadas? Bueno señor Madera, si he oído algo sobre eso, pero usted cree que Carlota y Juliana se dedican a eso. No solo se dedican, lo están haciendo en nuestros Consultorio, y ahora tienen como aliada a la

41

"Viuda Negra" que de seguro les va a enseñar el arte de como amarrar a un hombre. ¿Pero señor Madera, como es que usted sabe que la señora Mercado es una Viuda Negra? Por favor Miltiño, hay veces que hablas como si fueses un novato con las mujeres. Hace un Siglo atrás la Viuda Negra solamente eran Blancas Y Rubias, hoy en día son Blancas, Rubias, Trigueñas, China y Negras, y son tan Astutas que hoy en día quieren que las llamemos para todo lo que le sea conveniente "La Madama". Y nos tratan como si fuéramos sus hijos.

Y las muy condenadas parece que tuvieran nueve vidas, son tan astutas como las Gatas, y su belleza es eterna como las Orquídeas de un Arroyuelo, y su cuerpo es dulce como el "Azúcar de Caña". Por favor señor Madera, cálmese usted un poco que se encuentra usted muy agitado. Vamos a sentarnos todos alrededor de su escritorio y conversemos este tema muy tranquilamente, porque hasta ahora que yo sepa las muchachas no han cometido ningún Delito personal. Hablemos en voz baja y de esta forma no las molestamos. Empecemos por usted señor Madera, usted tiene la palabra. Hace Años que yo conocí a Carlota, para entonces ella era la dueña de un Bayú (casa de citas) en el barrio Colon. Naturalmente que estaba más joven y mucho más hermosa. Y todos los hombres que frecuentaban su casa, siempre querían tener una cita con la Madama Carlota. Pero ella era muy astuta y supo cómo engatusarme con sus encantos hasta que caí en sus redes y como una Viuda Negra que es me enterró su aguijón en mi Corazón haciéndome un amarre que va a durar hasta que yo me muera. Y la única forma de salir de este tipo de mujer es cortándole la cabeza cerquita del cuello, y después tirarla al fuego. Por favor señor Madera, mire que ya eso es cometer un crimen premeditado. Joven Miltiño es que no hay otra solución, mire que este tipo de Madama son malas, pero bien malas. Yo estoy de acuerdo con el señor Madera. ¿Usted también señor Saavedra le tiene jiña a Carlota? Si Miltiño. Y la única forma de acabar con Carlota es cortándole la cabeza. Eso está muy bueno. ¿Pero quién de nosotros cuatro se atreve hacerlo? Porque yo no lo haría nunca, y yo estoy seguro que ninguno de nosotros quiere podrirse en el Príncipe (cárcel) aunque la ciudad diga que la está renovando. ¿Dígame señor Saavedra, usted también fue otra víctima más de la Madama Carlota? Si no lo niego que estuve un tiempo enamorado de Carlota. Pero ya se me está pasando poco a poco. Si usted siente que ya se está curando de su embrujo para que quiere matarla. Porque esa ponzoña (venenosa) me estuvo chantajeando con mi hija. O sea que Carlota y usted tienen una hija. No es cierto joven Miltiño esa niña que dice Saavedra es mi hija. Por favor yo le pido a los dos que aclaren las cosas miren que en el sistema Judicial puede haber solamente un padre biológico. No importa lo que diga el señor Madera, esa niña es mi hija y estoy dispuesto a que me hagan la prueba paternal. Por favor dejen de discutir tanto y más tarde, en otro momento los dos se sienten tranquilamente y yo estoy seguro que van arreglar sus diferencias por bien, y progreso de la niña. Joven Miltiño, retiro lo que le dije al principio de que usted es un estúpido. Perdóneme por favor. No se preocupe señor Madera, mire que todos nosotros somos humanos y hay veces que nos equivocamos, pero ahora antes de seguir conversando sobre el tema que nos interesa primero tenemos que preguntarnos "Que es el Amor" y usted señor Madera por ser el mayor de edad hable primero.

Yo he leído mucho sobre lo que es el Amor. Por favor Madera no hable lo que muchos ya han dicho, solamente queremos saber su opinión personal. Joven Miltiño, no le parece que usted me está pidiendo demasiado. No lo creo así. Usted señor Madera es un "Perro Viejo" acostumbrado caminar entre muchas mujeres de diferente clase, y yo estoy casi seguro que si usted cayó en las redes de una "Viuda Negra" usted considera que ese fue el error más grande de su vida como mujeriego. Joven Miltiño es verdad todo lo que usted dice. El enemigo numeró uno del hombre mujeriego es el Amor. El Amor es como un soplo de aliento, y es muy frágil, y se vuelve muy peligroso cuando se mescla con la pasión. Entonces te quiere controlar tú mente, te desespera, y no tienes paz contigo mismo. Es como una energía viva que tú sientes en tu cuerpo, y aunque tú no la veas te endulza la vida. Y cuando se retira de tu lado te hace sufrir, y sientes un vació muy grande en tu vida que te deja pensando que ya no hay nada que lo llene. El Amor es traicionero, a mí me agarro de sorpresa y se siente como una Flecha que te traspasa tú Corazón. Muy pocas veces una persona ve venir el Amor, y cuando eso sucede si tú lo rechazas para que el Amor vuelva a visitarte puede pasar muchos años de tu vida. Amigos tengan mucho cuidado con el Amor que es una bacteria viva que quiere contaminar el mundo entero. Los cuatros amigos se quedaron en silencio por un momento entonces Miltiño vuelve hablar. >> Ahora le toca a usted hablar amigo Núñez. Yo digo que el Amor es como una ilusión muy bonita que cuando se pega a uno muchas veces se quiere quedar, otras veces se va y nunca regresa a nuestras vidas. Pero hay qué tener mucho cuidado con el Amor, porque esa ilusión es muy inteligente cuando quiere hacer un amarre entre un hombre, y una mujer. El Amor nos engaña diciendo que tenemos que perdonar cualquier agravio, y cuando nos encontramos de rodilla ya derrotado, y pidiendo perdón, entonces el Amor nos abandona y no aparece por ningún lado y nos deja indefenso frente al Odio que poco a poco va ocupando el lugar en el que el Amor estaba. Y repito el Amor es una ilusión muy sabrosa para manejarla, pero es muy inteligente porque se comporta igual que las Palomas que van solamente donde les dan Pan. Ahora me toca hablar a mí. Por favor amigo Saavedra usted tiene la palabra. Yo digo que el Amor es un pensamiento negativo que se esconde en nuestro subconsciente mientras tú lo alimentas pretende ser tu amigo, y te demuestra su lealtad, pero si el Amor llega a serte algo que a ti no te gusta enseguida se vuelve a esconder en tu subconsciente. Y te deja solo para que tú sufras las penas. Y la única cura que hay para un mal de Amores es un pensamiento positivo. Pero uno tiene que ser fuerte con una actitud positiva, porque ese pensamiento negativo hay veces que se comporta en nuestra mente como un Gato en su Jaula. Dando vuelta en nuestras mentes,

Capítulo # 5

LA TENTACIÓN
DEL DIABLO

Y CAMINANDO DE UN lado al otro, haciendo ejercicios para no perder su energía. En ese momento si le hacemos caso al Amor, ese pensamiento negativo nos agota hasta el punto de que muchas veces perdemos nuestro "Amor Propio" y lo venimos a encontrar tirado en el Fango (lodo) de nuestra discordia. Joven Miltiño ahora es su turno. Amigos mi opinión respecto al Amor tiene un poquito de todo lo que ustedes han dicho. Lo único diferente es que yo sí creo en el Amor verdadero y ustedes dudan del Amor. ¿Joven Miltiño, y para usted cual es el verdadero Amor? Señor Madera, el verdadero amor se siente dentro del pecho como una esperanza viva, el amor es como el agua viva que si tú la tomas nunca más te volverá a dar sed. Mira Joven Miltiño, tú lo que eres un gran hablador que a lo mejor te has metido en esas nuevas Religiones que dicen predicar la palabra del Enviado. Vamos hacer una prueba señor Madera. Usted y el señor Saavedra, están seguros que amaron a la Madama Carlota, pero sin embargo por ese amor que ustedes juran y dicen que le tienen, ninguno de los dos la hicieron su esposa. Vamos a ver señor Saavedra, ¿Si hoy en día la Madama Carlota te dice yo quiero ser tu esposa para toda la vida usted lo aceptaría? Naturalmente que no. Yo tengo a mi esposa que la quiero mucho. ¿Y usted señor Madera que haría? Yo no sé Joven Miltiño, a dónde usted quiere llegar con esta pregunta. Es obvio que yo no voy a dejar a mi querida esposa por esta Ramera, o como la llamen la Madama Carlota. Es evidente que ustedes dos nunca sintieron el verdadero amor por la Madama Carlota. Lo único que ella les inspiro fue Lujuria, y deseo sexual por su cuerpo, y Belleza. Pero Dios que es el Justo Juez, les impuso como castigo para los dos esa niña, que les ha robado el Corazón, y la tranquilidad de los dos. Prepárense por que los dos la van a cuidar, y la van a querer lo que ustedes nunca se hubiesen imaginado. Yo no pretendo saber mucho sobre el amor, pero si el amor sufre es culpa del hombre, y la mujer que con sus celos estúpidos son capaces de romper una relación de veinte años. O de formar una guerra entre dos familias. Los enemigos declarados del amor son la Duda, y los Celos. Son pensamientos tan negativos que tienen el poder de materializarse en cualquier persona sea hombre, o mujer. Esa es el Arma favorita de satanás, para combatir el amor. Pero el amor verdadero nunca se humilla, y lo soporta todo. Y cuando el enamorado le dice a su pareja yo te Amo. El verdadero Amor nunca dice mentira. Ta, ta, ta. Por favor habrá la puerta señor Madera, mire que ya estoy aquí para limpiar las oficinas. Es el suplente de Cristina, que tiene una semana de vacaciones. Permítanme abrirle la puerta o es capaz de romperla. Entre usted. Mire aquí está mi identificación. Juan De Dios Burgos. Todo está muy bien Señor Juan De Dios. Pero mejor venga mañana temprano por qué casi ya es hora de retirarnos a nuestras casas. Como usted ordene yo vengo mañana temprano.

¡Espere un momento! Le grito Miltiño. >> ¿Por qué le pusieron ese nombre Juan De Dios? Esa fue mi mamá que en paz descanse. Yo nací un domingo de resurrección, y como mi papá que en paz descanse también se llamaba Juan, pues ella me nombro Juan De Dios. Pero en la cuadra donde yo vivo algunos vecinos me llaman Juan Diablo. ¿A qué se debe que te llamen así? porque yo me case con la Negra más fea de la Habana. Ella es una Negra que mide casi seis pies de estatura, de facciones gruesas, de pelo negro que no le entra ni una gota de agua, también tiene un ojo bizcó, pero tiene unos Senos grandotes, y un cuerpo de Guitarra que cuando camina parece una Langosta que todos los hombres se voltean para mirarla y después pegan un suspiro de resignación como pensando si esta Negra fuera mía. ¿Y a ti no te importa como es ella, así tú la quieres? Yo quiero a mi mujer así como es ella, y no me importa que mis amigos murmuren que Lola es mucha mujer para mí. Ellos son una partía de envidiosos porque Lola solamente me quiere a mí. ¿Y ya se casaron? Oiga usted, a mí me parece que estás haciendo demasiadas preguntas. Mire usted Juan de Dios, o del Diablo. Resulta ser que nosotros queremos saber quién de nosotros conoce que es el Amor. ¡Eso es fácil de saber! Pregúntenle al Diablo quien de ustedes es el santo. ¿Por qué a él? Es que acaso

Lucifer tiene algo que ver en el Amor. Claro que si tiene algo en el Amor. ¿Ustedes no se han dado de cuenta que el amor tiene su parte buena, y también tiene su parte Mala? Entonces díganme ustedes si hay Amor sin mancha, quien le agrego la parte mala. Porque en una pareja que se aman siempre hay momentos amargos, y de sufrimientos. ¿Juan De Dios es usted religioso? No lo soy, y estoy seguro que nunca lo seré. Ser religioso es el peor estado mental que se puede encontrar el hombre. Una persona religiosa muy pocas veces ve lo bueno que pueda tener otra persona, y siempre duda que el mundo pueda salvarse del infierno. Y si su familia no comparte su religión, enseguida la echa para un lado y los llama pecadores. Y él se considera una persona limpia de pecado aunque tenga sexo con su esposa, y también algunas veces se masturbe para satisfacer los deseos carnales que frecuentemente siente en su cuerpo. Yo considero que el religioso duda mucho de el mismo porque se pasa todos los días pidiéndole a su Dios, que le de fuerza para no caer en el pecado. Pero si pecamos también en el amor. ¿Entonces quien es salvo en este mundo en el que el placer de la carne entra por tus ojos te satura tu cuerpo, y te hace sentir deseos que las mayorías de las veces no podemos controlar y que muchos dicen que es bueno, y otro dicen que es malo? El hombre como no entiende muy bien que es el Amor lo ha dividido en dos partes. Primero viene el Amor limpio sin mancha, ese lo da Dios, segundo el Amor sucio, ese lo da Satanás porque produce placeres en el cuerpo. Entonces díganme ustedes,

Yo les pregunto. ¿Qué hacen todas esas parejas después que se casan en las iglesias, y que han estado haciendo diariamente esas parejas que muchas veces han tenido nueve hijos, o más? Yo no pretendo ser un Justo Juez, y tampoco un verdugo, pero si alguno de ustedes cuatro está libre de pecado sería bueno que ese que lo está diera un paso al frente, y tire la primera piedra. Es mi opinión que el Amor, y el sexo son energías vivas, hecha por las manos de Dios, para el hombre, pero el hombre en la tierra ha abusado tanto del Amor, como del sexo que los ha contaminado volviéndolos pecaminosos. ¿Por casualidad tienen alguna otra pregunta? Es que ya casi tengo que buscar a mi Lola, en su trabajo. No. Yo no tengo ninguna otra pregunta. ¿Y usted señor madera tiene por casualidad alguna pregunta que hacerle al hijo de Dios, y del Diablo? Una leve sonrisa paso por la cara de Juan De Dios al oír las palabras de Miltiño. >> Joven Licenciado, solamente yo soy hijo de mi mamá, de mi papá eso no lo sé, porque en estos tiempos tan turbulentos en que estamos viviendo tu papá viene ser el que tu mamá te apunta con su dedo, y te enseña, que ese es tu papá. Y tú lo llegas a querer hasta que eres mayor de edad entonces viene la vecina chismosa, si esa vecina que ha vivido toda su vida enfrente de tu casa, y se acerca a ti y te dice. Ese hombre al cual tú llamas papá, él no lo es. Tu verdadero papá es el Panadero de la esquina. Y tú te vuelves loco cuando te dicen la verdad, y después muy tranquilamente sentado en una silla tú mismo te preguntas. ¿Dónde estaba Dios, cuando mis padres me hicieron? Mire usted Juan De Dios, es mejor que se retire porque se le va hacer tarde para recoger a su Lola, pero no se le olvide que tiene que regresar mañana temprano. Por favor cuando pase por al lado de mis empleadas dígales que nos traigan algunos Refrescos, con Galleticas. Como usted ordene señor

Madera. Sin despedirse de nadie Juan De Dios salió de la oficina del señor Madera, y se acercó dónde estaban las muchachas y muy galantemente les dice. > "Si yo fuera un Pastor, ustedes serian mis Ovejas favoritas", pero como soy un pobre Diablo que tiene que trabajar para poder vivir tengo que conformarme con mirarlas, y no tocarlas por qué ustedes cinco están hecha con fuego y me pueden quemar. ¡Mucho cuidado muchachas, que el Diablo sabe más por Viejo, que por Diablo! Señora Mercado, yo no soy un Diablo, tampoco me siento que estoy viejo. ¿Dígame como usted sabe mi nombre? En el corto tiempo que estuve con los Licenciados hicieron mención de sus nombres. Es que me advirtieron que yo debía tener mucho cuidado con Madama Carlota, y con la Viuda Negra en eso se referían a usted señora Mercado. Mire usted Juan Diablo, nosotras estamos reunidas resolviendo un problema que solamente nos concierne a las mujeres. Mire usted Viuda Negra. ¿Con que derecho se atreve usted llamarme así? Yo también le pregunto porque usted me llama Juan Diablo. Porque usted dijo que es un pobre Diablo,

Sin embargó yo me atrevo asegurar que usted sabe muchas cosas de nosotras, y nosotras no sabemos quién Diablo es usted Juan sin nombre. Yo solamente vine a remplazar a la que hace la limpieza aquí. Pero si ustedes que pueden ser mis hijas no quieren que les explique lo que por muchos años ustedes han tratado de resolver, y no lo han hecho por miedo de conocer la verdad. Yo estaba muy tranquilo caminando por el Malecón, cuando pude oír el llanto joven de una de ustedes que necesitaban a alguien que les dijera porque nosotros los hombres somos superiores que las mujeres. ¿Cómo usted puede saber eso, si yo no se lo dije a nadie? Joven Juliana, lo que le sucede a usted es que tú tienes un pensamiento muy fuerte capaz de traspasar murallas, y llegar al infinito. Naturalmente que hasta este momento tu no lo sabias que eres así. ¿Y usted ve algo bueno en mí? Alicia tu si eres una mujer vaga en tu vida. Sueñas con tener de todo, y no pides nada, y tampoco eres quien para alcanzar las cosas que te ofrecen. ¡Y yo que! Carlota tu eres de las mujeres que son peores que una Viuda Negra, nunca quieren tener un marido en su casa que les diga tengo hambre, ya está la comida. Por lo menos la Viuda Negra siempre se queda con su hombre hasta que el muere, pero cómo tú siempre piensas que el hombre que se acerque a ti viene con intención de gobernarte, esa es la razón por la cual nunca has conocido el Amor. Mire usted Juan Diablo, o como lo llamen. Usted dijo que sabe porque el hombre es más inteligente que la mujer. Juliana estoy sintiendo que mi presencia le está molestando un poquito. Especialmente a usted. Mire usted en cierta forma para mí, Dios hiso a todos los hombres con el mismo dedo. Así que diga lo que tiene que decir, porque muy pronto se acerca la hora de irnos para la casa. Como usted quiera Juliana, pero entre ustedes cinco hay una que sabe muchas cosas de la vida, y la muerte. Sin embargó ha preferido mantenerse en silencio. Todas miraron a María, que con mucha modestia les dice. >> No me miren así. Porque yo si no se nada. Porque yo le voy a reclamar algo a Dios, si él es el único que siempre me ha dado de todo. Y a este Juan de Dios, yo no tengo nada que preguntarle porque este tipo no es real. Está bien María. Ya sabemos que tú no quieres preguntarle nada porque te las das de qué sabes más que nosotras. Juliana te repito que yo no sé nada.

Pues mira María, que yo si quiero saber porque Dios le otorgo tantos poderes al hombre, y a nosotras nos ha dejado en un segundo plano. Y usted si lo sabe dígalo ya. Mire Juliana cuando Dios hiso a la mujer, y al hombre. Usted se refiere a la hembra y al macho. Yo no me refiero a esa parte que ya ustedes conocen. Yo me refiero a la parte que ustedes han oído mencionar mucho y del cual se habla muy poco. Según en un manuscrito encontrado en el desierto, y del cual yo no me doy eco. La mujer y el hombre fueron creados con la misma sabiduría, y vida eterna. Pero esa primera mujer se le revelo a su creador, y le reclamo de que ella tenía, más sabiduría que el hombre, y que era más fuerte así como lo es su creador.

A la identidad no le gusto la rebeldía de la primera mujer, y la subió a su edén. Y al darse cuenta de su arrogancia frente a él, la sacó de su edén y la obligo a vivir en la oscuridad entre los Demonios, y espíritus desobedientes. Hoy en día esta primera mujer se conoce de nombre "LILIES" y su representación es como una mujer Blanca, muy hermosa y de cabellos largos, completamente desnuda, y con una Culebra grande alrededor de su cuerpo, los que saben dicen que ella usa toda su sabiduría para hacer el mal, otros dicen que su espíritu es muy complaciente con los hombres, y también con las mujeres que las llaman la Viuda Negra. Todos miraron a la señora Mercado, que reflejaba en su cara una leve sonrisa. > > Entonces diga por qué la primera mujer. Esa historia ya la conocen ustedes. Cuando la identidad vio al hombre tan solo, sintió mucha lastima por él, y lo durmió profundamente y del hombre hiso la segunda mujer, pero la hizo menos inteligente qué "LILIES" y mucho menos que el hombre. Entonces Dios, para compensar la inteligencia que le había quitado a la mujer, entonces le proporciono un poco más de astucia que al hombre.

Esa es la razón por la cual ustedes son hijas de la segunda mujer. Y no de la primera mujer "LILIES". Juan de Diablo, eres igual que tú padre, un viejo zorro. Acaba de irte ya de una vez y no les envenenes la mente a las muchachas con tus historias que son tan viejas como tú. María deja ya de insultarme, y di a tus compañeras quien realmente tú eres, y a que te dedicas cuando no estás trabajando aquí. Ya puedo darme cuenta que fiel le eres a tu amo. Pero conmigo tú no puedes jugar, porque yo no me presto a tus inocencias de Juan De Dios. Y quien soy, no hace falta que tu vengas de la oscuridad solamente a descubrir mi identidad, yo soy una humilde Bruja Blanca, que nunca ha hecho nada malo, porque todo lo que yo he hecho de nada tengo porque arrepentirme ya que todo lo mío está a la luz del día. Y esa es la razón porque el todo poderoso me ha dado tan larga vida. Juliana mí tiempo entre ustedes se ha terminado, pero si necesitan un buen consejo solamente tienen que pensar en mí, y yo estaré a su lado lo más pronto posible. No se les olvide mi nombre soy Juan De Dios. Sin pronunciar otra palabra Juan De Dios salió por la misma puerta que entro en el preciso momento que entraba un hombre joven con una camisa toda sucia de aceite de motor. >> Oiga usted señorita, podría hablar con el señor Madera. ¿Y para que usted quiere hablar con mi jefe? Es que yo soy el hermano de Cristina, la señora que está de vacaciones, y yo vengo a remplazarla, pero la Maquina (carro) justamente llegando al Malecón se le paro el motor, hasta ahorita que quiso prender de momento. Mire usted mi nombre es Carlota, es mejor que usted regrese mañana, y que utilice el transporte publicó. El señor Madera está en una reunión de Abogados muy importante. Como usted diga señorita, pero dígale que yo estuve aquí. ¿Y cuál es tu gracia? Me llamo Lázaro, mi mamá me puso ese nombre porque yo nací un 17 de diciembre.

¿Por casualidad te apellidas Rincón? No señorita Carlota, yo soy Lázaro De Los Santos. Para servirle a Dios primero, y después a usted que es una mujer muy hermosa. Muchas gracias Lázaro, pero es mejor que se retire, porque entre nosotras usted podría perder más que su apellido. A pasos lentos y sin mostrar ningún apuro el señor Lázaro se fue alejando de las muchachas buscando la puerta de salida. Todas quedaron en un silencio hasta que Juliana se decidió hablar. >> Ya pueden ver ustedes como se desarrollan las cosas, nosotras cuatros queremos saber que es el Amor, y rápidamente se nos acercaron una Viuda Negra, un Juan Diablo, un Lázaro De Los Santos, y además descubrimos que entre nosotras cuatro una es Bruja Blanca, pero ninguno nos ha dicho realmente que es el Amor. Yo estoy de acuerdo con lo que dicen la gente, Dios hiso el Amor, y el Diablo le echo un poco de Pimienta. Caramba Alicia tú si eres rápida para pensar. María no me critiques tanto que tú eres la única que no has dicho nada referente a que es el Amor, pero para mí el amor no tiene por qué ser triste. Tampoco no tiene que ser melancólico. Cuando yo siento mi cuerpo dulce, y feliz entonces yo sé que estoy enamorada, y no me importa el problema más grande del mundo cuando me siento enamorada todo tiene solución en mi vida. Alicia tu eres una bendición de Dios, porque gracias a personas como tú el mundo da vuelta y nunca se detiene. Muchas gracias María, tus palabras me confortan mucho, pero tú tienes que decirnos lo que tú crees que es el Amor, y no importa lo rebelde que seamos con los hombres, pero siempre caemos entre sus piernas. ¡Alerta muchachas que ya viene el señor Madera! Señorita Alicia si por casualidad algún cliente llama por Teléfono, dígale que ya estamos cerrados por hoy. Muy bien señor Madera, como usted diga. ¿Señora Mercado porque usted me mira de esa manera? Señor Madera lo noto muy preocupado. Ha de ser como usted estuvo discutiendo con la señorita Carlota, eso lo mantiene tenso. Señora Mercado, le hago saber que Madama Carlota no me tiene con ningún pendiente. Con mujeres como ustedes yo me sé defender cortándoles la cabeza, y tirándola al fuego divino. Señor Madera, usted me está amenazando, o está hablando como los hombres que se sienten engañado por una mujer, o por un amigo. Señora Mercado me tiene sin cuidado lo que usted piense. Sin embargó yo le pregunto ¿A que usted vino hoy a la oficina? A ver al Licenciado Miltiño, o a darle clases de Amor, a las muchachas. Señor Madera, sus insinuaciones me tienen sin ningún cuidado, pero le hago saber que nosotras las mujeres sabemos más referente al Amor, que lo poquito que ustedes creen saber de nosotras las mujeres. Prácticamente ustedes los hombres no nos conocen, ustedes son unos niños analfabetos al lado de la mujer. Usted señora Mercado es una Araña ponzoñosa, que tiene siempre el veneno a Flor de Labios, y su único Dios es la Bruja "LILIES" o Lilas, como quieran llamarla es una pecadora por que quiso ser más inteligente que quién la hizo.

Señor Madera, si su Delito de Amor es demasiado fuerte que ni usted mismo se atreve a mencionarlo yo le propongo que mejor cambiemos de tema y dígales a las muchachas porque usted opina que el Amor es una ilusión muy traicionera. ¡Por favor señora Mercado, no trate de ponerme sus palabras en mi boca, porque yo nunca he pensado en tal forma! Yo solamente he dicho que en ciertos casos cuando uno se vuelve a enamorar de otra persona eso quiere decir que la ilusión tiene el poder de cambiar, y el hombre, y lo mismo la mujer puede volver a enamorarse una, o dos hasta tres veces sin afectarle espiritualmente. Y eso no es un delito, porque el verdadero Amor nunca se convierte en pecado. Mas la pasión tiene el poder de convertirse en una Lujuria aditiva al cuerpo y eso si es un Delito carnal. Señor Madera usted es una caja de sorpresas, nunca nos había hablado así en tal forma. Por favor Juliana, es que nunca se había presentado esta oportunidad de expresar lo que siento. Ha de ser la visita de Juan Diablo. ¡No Juliana, tiene que ser la visita de Lázaro de Los Santos! ¿Por favor María, quien es ese tal Lázaro? Señor Madera, ese tal Lázaro se nos presentó tan pronto salió de la oficina Juan Diablo. ¡¡O sea que solamente falta que mañana se presente aquí a limpiar las oficinas la tal "LILAS" en cuerpo y Alma!! Mientras que hablaba el señor Madera se quedó fijamente mirando a María. Y a la señora Mercado, que tranquilamente le pregunta al señor Madera. >> ¿A usted le hubiera gustado conocer a mí "Diosa Lilas"? Señora Mercado lo único que me impresiona de tú Diosa, es verla en las fotos como una mujer tan hermosa en su desnudes es enredada por una culebra haciéndola más provocativa. Señor Madera, la hermosura, y desnudes de mi "Diosa Lilas" representa todo lo femenino de nosotras las mujeres, y la culebra representa nuestra sabiduría que traspasa lo espiritual, y la Ciencia. Si algún día usted quiere ver su cuerpo lo invito una noche de ben-be a mi casa, y le juro que no me voy aprovechar de su buena nobleza, por lo pronto no lo haría como lo hizo Carlota. La pobre su poca experiencia la ha llevado a visitar los bi-ba (cárcel preventiva), por varias circunstancias porque solamente la pobre ha dudado lo que practica. Con su permiso, pero tengo que regresar a mi escritorio, mis Abogados se han quedado esperándome. Lentamente como si estuviera contando sus pisadas el señor Madera se encamino hacia su oficina, sin dejar de mirar a las muchachas de vez en cuando. Tan pronto alcanzo la puerta de su oficina entro bruscamente, y hablando. > > ¡Ustedes no se imaginan lo que las muchachas me acaban de decir! Por favor señor Madera, siéntese mire que usted ha regresado muy agitado y eso no es bueno para la presión de la sangre. Tiene usted razón joven Miltiño. Ya me siento un poco más tranquilo. Me acabo de enterar que un tal Lázaro de los Santos, hiso su presencia en la oficina. ¿Por favor señor Madera, y quien es ese tipo? Él es el verdadero hermano de Cristina, la Conserje que ésta de Vacaciones. ¿Señor Madera, entonces quien es Juan de Dios? No lo sé Miltiño….

Pero me imagino que tiene que ser "Juan Diablo" en persona. Por favor señores no podemos ir hasta los extremos sin pensar bien las cosas. Puesto ya de pie el Licenciado Núñez seguía argumentando lo visto por todos. >> Si atestiguamos lo que nos ha sucedido hoy, ninguna Corte Judicial nos va a creer, tampoco el público y mucho menos la Iglesia. ¿Señor Núñez, entonces que es lo que usted propone que debemos de hacer? Compañero Miltiño yo sugiero que primero tenemos que hacer la averiguación pertinente referente a lo que nos ha sucedido hoy sin darle mucho énfasis (intensidad) a lo que preguntemos para no levantar ninguna sospecha o duda. Tenemos que ser más precavidos que ellas. ¿Pero amigo Núñez, que le hace pensar que ellas van hacer lo mismo que nosotros estamos hablando? Por favor Miltiño hay veces que usted se porta como un ingenuo. Si usted abre un poquito la puerta puede darse de cuenta quien lleva la voz de mando entre ellas. El Joven Miltiño obedeciendo se acercó a la puerta y la entreabrió lo suficiente para poder mirar a las mujeres que muy animada conversaban. Sin hacer ruido volvió a cerrar la puerta. Y el Licenciado Núñez le pregunta.> > ¿Quién es la que lleva la voz de mando? Bueno la señora Mercado es la que ahora está hablando. ¡¡Naturalmente que tiene que ser ella!! Desde hoy en adelante esa Araña ponzoñosa va hacer su maestra predilecta, y a cada una le va enseñar cómo usar el "Veneno Del Amor" para que su hombre no pueda sentir por otra mujer. Lo que ella quiere que él siente por ella. No me parece que sea correcto que hablemos tan mal de la señora Mercado, fíjense que ella no nos ha hecho ningún mal. ¿Amigo Miltiño, cuantas veces la señora Mercado y usted se han besados en la boca? Licenciado Núñez esa pregunta esta fuera de orden. Por favor Miltiño deje a un lado su privacidad y dese de cuenta que esta es una reunión de vida, o muerte. Reponiéndose un poco, el joven Miltiño miro a sus amigos que con muchas ansias esperaban su respuesta. >> Ella me ha besado dos veces. ¡Nada más! Eso fue lo suficiente para envenenarte tú mente. La Viuda Negra, que me beso solamente lo hiso una vez, y al otro día desperté con una desesperación de estar a su lado, y mira que han pasado meses y este es el día que no he podido olvidarla. Amigo Núñez yo comprendo su dolor. Miltiño no es dolor lo que yo siento, es todo lo contrario. Es desesperación, son unas ganas de estar con ella en una cama, y hacerla mía una y mil veces. ¿Me comprende? Sí que le comprendo, pero en mi caso la primera vez que la señora Mercado me beso, fue de rapidito que yo no sentí nada. Claro la segunda vez que ella me beso fue diferente. En el segundo beso sentí sus labios carnosos que me querían sacar mi lengua, pero yo quería más y más de lo mismo, pero de pronto la puerta se abrió y ahí estaba Juliana parada en la puerta, parecía un Guardia de seguridad. ¿Y ahora a quien usted quiere, a Juliana, o a la señora Mercado? El joven Miltiño cambio su mirada hacia el Licenciado Madera que le había hecho la pregunta. > >

La verdad señor Madera, que en este momento me siento muy confundido y no sé dónde ubicar mis sentimientos, porque yo quisiera quedarme con las dos, para mi Juliana es algo que me mortifica cada vez que la veo, porque quiero que se rinda a mis tentaciones, pero la muy condenada no es fácil de doblegar su Amor propio. Para mí la señora Mercado se ha convertido como un "Piojo" que por las noches me despierta de vez en cuando, pero la señora Mercado me trata como si yo fuese un perrito herido, y siempre con sus atenciones está dispuesta a curarme cuantas veces yo se lo pida. Y hay veces que pienso que todo esto es parte de mi imaginación, y que yo no estoy enamorado de ninguna de las dos. Más bien es mí propio egoísmo de hombre lo que me impulsa hacia la conquista de estas dos mujeres, y eso me hace sentirme bien saber que ellas me desean tener. Joven Miltiño, usted es el tipo de hombre Negro que gusta mucho a las mujeres Blancas. Y su peor enemigo son los maridos celosos, así que tiene que cuidarse de una bala perdida. ¿Por favor señor Madera, es que acaso ser Amado por las mujeres es un Delito de Amor? Naturalmente que eso no es un Delito, pero usted Miltiño no se equivoque, porque lo que usted siente en cada conquista no es amor. Lo que usted siente podemos llamarlo "Lujuria" saber que ha logrado fácilmente en corto tiempo lo que muchos hombres lo sacrifican todo, y envejecen sin poder lograr tener a la mujer deseada. Licenciado Miltiño, para mi usted es un hombre joven egoísta. Por favor Licenciado Saavedra, no me juzgue tan mal. Tengo que hacerlo porque usted aquí presente se las da de ser un lobo feroz, y lo más probable que usted es un Palomo, que solamente va a comer cuando le dan migajas de Pan. Licenciado Saavedra, no veo la razón para que usted me insulte de tal manera. Por favor Caballeros. No podemos perder la cordura. Desde el punto de vista que todos los días tenemos que trabajar juntos con ellas tenemos que estar unidos. Acuérdense del dicho. "Árbol caído enseguida lo hacen Leña". Todos miraron al Licenciado Saavedra esperando que de su boca saliera una disculpa, pero sin embargo el Licenciado muy seriamente mantuvo silencio. >> Usted Núñez por favor hable, diga algo. Usted perdóneme señor Madera, es que estaba pensando que este pequeño incidente, nos ha desviado de nuestro tema principal "El Amor". Yo he pensado que a lo mejor nuestro Dios deja que sus hijos caigan en el Delito del Amor, solamente con el propósito de ponernos a prueba para ver cómo reaccionamos bajo presión, y de esa forma ver como cada persona resuelve sus problemas de Amor. Por ejemplo. El que es Poeta resuelve su problema de Amor, con las Poesías. El Músico con sus canciones, El Escritor con sus Novelas. El Carnicero con el Cuchillo, y el Carpintero siempre quiere sacar un Clavo, con otro Clavo. Y todo va en orden dependiendo de su personalidad, y carácter, porque cuando el Amor llega es ciego porque no tiene ojos, y sordo porque no tiene oídos, y se alimenta de los suspiros del Corazón.

¡¡Caramba con todas estas explicaciones que ustedes han dado hoy referente al Amor, el que no entienda es porque nunca lo ha vivido en carne propia!! Con la exclamación del señor Madera los cuatro amigos se quedaron en silencio, y el Joven Miltiño volvió a tomar la palabra. >> Es mi opinión personal que el amor que Dios nos da nos mantiene vivos en este mundo. ¿Si por casualidad es verdad lo que tú dices entonces porque morimos, porque la muerte siempre la tenemos cerca de la vida? Amigo Saavedra, la única contesta que puedo darle es que Dios hiso la muerte como la única salida que tiene este mundo. Y yo digo Miltiño que yo no conozco a Dios. Nos trae a este mundo a pasar trabajo, y después que nos amañamos en este mundo, entonces nos saca de este mundo la mayoría de las veces sin nosotros pedírselo. Amigo Miltiño la muerte separa la familia, cuando al tronco de una familia le llega la muerte, la mayoría de las veces los gajos caen al suelo con todas las aspiraciones, y deseos de crecer y pueden pasar años para que se vuelvan a encontrar y se dan cuenta que el tiempo ya vivido no vuelve a regresar, y que el futuro es un camino misterioso en el cual siempre se encuentra la muerte asechando como un Lobo Solitario. Amigo Saavedra, mejor olvidemos el tema de la muerte. Y yo creo que seriamos más prudente si nos acercamos a las muchachas y hacemos las paces con ellas, y también con todas las mujeres del mundo. Porque sigue siendo mi opinión que lo más hermoso que Dios ha hecho es la mujer. Joven Miltiño, yo estoy de acuerdo que debemos firmar la paz con las mujeres. Muy bien el señor Madera y yo estamos de acuerdo. ¿Qué ustedes dicen? Yo estoy de acuerdo de hablar con ellas, pero pedirle perdón eso nunca. Así dijo Núñez. >> Yo tampoco lo haría, las mujeres siempre se han aprovechado de mi nobleza. Así recalco el Licenciado Saavedra. >> Y yo digo que ahora mismo todos vamos hablar con las muchachas, porque se nos está haciendo tarde, y yo tengo todavía muchas cosas que hacer que mi esposa me pidió que le comprara. Los cuatros amigos salieron de la oficina del señor Madera, y en fila india, uno tras del otro se acercaron al grupo de las muchachas que rápidamente mantuvieron silencio mirando al señor madera.> >

Capítulo # 6

LA LEY DEL AMOR

¿QUÉ USTED DESEA señor Madera? Señora Mercado de usted no quiero nada en lo absoluto. Por casualidad no le parece a usted que ya se está haciendo hora que usted se retire de la oficina. Por favor señor Madera estoy presintiendo que usted quiere hablar con mis muchachas a sola. Mire usted que no se ha equivocado todos queremos hablar con ellas, así no con usted. Pues lo siento mucho señor Madera desde hoy en adelante cualquier cosa que usted tenga que decir a ellas yo tengo que saberlo también. ¿Pero usted quien se cree que es? Porque la llamen "La Viuda Negra" no piense que yo le tengo miedo. Por favor señor Madera, yo no pretendo eso mi condición de ser una Viuda me prohíbe tal cosa. Yo no puedo ni debo inspirar miedo, yo necesito ser Amada para sentirme una mujer completa, y así puedo volver Amar al hombre que este a mi lado una y otra vez, todo lo que aguante mi cuerpo. Todos se quedaron mirando a la señora Mercado, que mientras hablaba ya había abrazado a Miltiño, y lo besaba con deseo como besan las Viudas por primera vez. Joven Miltiño dese de cuenta que estamos presente. Nosotros queremos hacer las paces con ellas, no hemos venido hacerle el Amor. Perdone usted Señor Madera, pero es que yo me he enamorado locamente de Miltiño y cada vez que lo veo no puedo controlarme. Señora Mercado así son todas las mujeres al principio de enamorarse del hombre que juran Amarlo para toda la vida, pero pasado ese calentamiento entonces empiezan a ver las malas costumbres que pueda tener ese hombre y si él tiene algunas buenas enseguida se ponen Gafas oscuras para no verlas, y cuando llega el momento de separarse siempre al hombre le echan toda la culpa de todo lo sucedido. ¡Señor Madera! Hable usted señorita Juliana. Que mal concepto tiene usted del Sexo débil. Ustedes no vinieron con intenciones de hacer las paces con nosotras. Ustedes vinieron con intenciones de criticarnos. Perdone usted Juliana, no ha sido mi intensión formar una crítica referente a ustedes, y acuérdese que no hay palabra mal dicha, solamente mal interpretada. ¡Cómo se atreve a llamarme estúpida en mi propia cara! El mal entendido entre todo ya se estaba poniendo caliente cuando el Licenciado Núñez sujeta por un brazo al señor madera y le grita. >> Vamos para su oficina señor Madera, ya le advertimos que a las mujeres no se les puede pedir perdón porque entonces se crecen, y se creen muy importante. ¡¡Señor Núñez, como es posible que usted hable así de nosotras!! María éste tranquila, que yo no quiero ninguna discusión con usted. Y yo le digo que nosotras las mujeres somos muy importante en la vida del hombre. Mírese usted que ya parece un Fantasma caminando todas las noches por los Muelles de la Habana, buscando su Caruca. Porque se niega reconocer que usted ama a esa Brujita. Si usted se lo grita a su familia yo estoy segura que esa Caruca viene corriendo a sus brazos porque ella lo quiere de verdad, y no con Brujería cómo su familia le ha dicho. Así que Núñez fíjese por usted mismo que importante somos nosotras las mujeres en su vida. Yo por ejemplo desde que lo conozco he vivido enamorado de usted.

Por favor María, tenga un poco de control de lo que usted dice. Mire que no estamos solos. No se preocupe Licenciado todos saben muy bien que yo sufro por su amor, usted no se ha dado de cuenta porque nunca se ha enamorado de mí. Y para mí eso es algo que yo comprendo muy bien. Así que usted no se sienta incomodo porque el amor le llego por otro lado, y es mi consejo que no la pierda, que usted nunca se va arrepentir si la respeta, y la convierte en su esposa. Bravo, Bravo y todos fueron felices. ¿Carlota cuál es tu problema? María yo no te comprendo a ti, tampoco a tu Religión. Como es posible que tú le dejas el camino libre a otra mujer para que se quede con el hombre que tú quieres. Carlota eso es muy fácil de entender. El Licenciado Núñez no me quiere ahora, y nunca me va a querer, yo lo sé muy bien, entonces no hay razón alguna para que yo siga pretendiendo un amor que no es correspondido. Pues te digo una cosa María, yo soy muy diferente a ti, cuando yo quiero un hombre para mí no lo regalo, tampoco permito que otra desconocida me lo quite. Eso es ser bruta. No me ofendas Carlota, y entiéndelo Núñez nunca ha sido mío, y nunca lo será. A ti te gusta mucho jugar con las Leyes del Amor. Y esa es la razón por lo cual siempre estás en las Cortes, porque te gusta jugar mucho con los sentimientos de los hombres. Tú no puedes hablar nada de mí, cuando tú te dedicas a buscar novios a todas las mujeres de tu barrio. Carlota eso es mentira lo que estás diciendo. Las mujeres vienen a donde yo vivo cuando sienten que algo no está funcionando bien en sus vidas, yo solamente les hago un registro espiritual y les digo lo que tienen que hacer para quitarse las malas vibras, así que si tu pensaste que yo soy la casamentera de mi barrio estas muy equivocada. Muchachas, muchachas por favor. ¡¡Que quieres Alicia!! Le gritaron todos un poco, un poco nerviosos. No me griten así. Es que ustedes hablan, y hablan, y yo que o es que acaso yo estoy hecha de papel. Alicia que yo sepa tú no tienes ningún problema sentimental que nosotros podamos arreglarte. Señor Madera en este momento yo no tengo ningún hombre sentimental a mi lado. Naturalmente esto no quiere decir que en el pasado no lo haya tenido, pero ahora me preocupa ese tipo que limpia Zapatos en la esquina donde está la Botica. ¡A ti te gusta ese negrito "Limpia Botas"! ¿Señor Saavedra tiene usted algún problema con el color de la piel, o es que acaso el amor sabe distinguir el color de la piel? No, no por favor Alicia. Usted perdone. No ha sido mi intensión herir sus sentimientos. Mire usted Licenciado Saavedra, resulta ser que cada vez que yo voy a la Botica, este Joven me dice que todas las noches sueña conmigo, y que me tiene entre sus piernas, y que a él siempre se le cumplen todos sus sueños. Yo no le digo nada solamente me sonrío y sigo caminando. Cuando estoy un poquito retirada de él, yo me detengo entonces él se agarra su cosa, y me grita. "Mi Rubia, a ti yo te voy a meter mano por que me gustas demasiado". Alicia ese tipo es un mal educado que nunca ha visitado un Colegio.

¿Alicia porque usted no lo ha puesto en su lugar? Es que señor Saavedra, a mí me gusta como el me habla, y me fascina como él me dice las cosas. Yo creo qué si ese negro fuera una persona educada, nunca me hubiera enamorado de él. A mí me encanta así cómo es él. Todos los presentes cruzaron miradas, y volvieron a mirar a la joven secretaria que sonreía de felicidad. Entonces la señora Mercado comenta. >> Para el gusto de la vista, se hicieron los colores, y otra vez queda demostrado que en el Amor no hay palabra mal dicha, solamente mal interpretada por algunas personas que no se han educado en la escuela de una calle Habanera. Señora Mercado usted está insinuando que nosotros somos brutos. Señor Madera, si le sirve el Sombrero póngaselo porque nosotras las mujeres estamos cansadas de educar a los hombres, a ustedes antes le crecían las orejas, hoy no es así, solamente le salen tarritos en la frente, y el colmo es que se niegan a reconocerlo y se pasan todos los días tomando calmantes para el dolor de cabeza. Óigame usted Viuda Negra. Caramba señor Núñez es usted el único que se atrevido llamarme por ese nombre. ¿No me interrumpa y dígame porque usted se deleita en hacer sufrir a los hombres, y porque usted quiere que las mujeres sean como es usted? No es de buena educación alabarse una misma, porque después puede suceder que guisan a uno. O mejor digo pueden coger a una fuera de la almohada. La verdad que uno tiene que practicar lo que predica. ¿Pero dígame señor Núñez, como usted me ve, en que forma usted cree que soy yo? Mi opinión de usted es que usted es una Recluta de la tal Lilas. Con órdenes de doblegar el espíritu de los hombres, y predicarles a las mujeres que ellas nunca han sido el sexo débil. Y que al hombre hay que pisotearle su Amor Propio para poder conquistarlo. Señor Núñez, no sabía que usted conoce tanto las Leyes del Amor. Señor Madera. Diga usted Licenciado Núñez. Mejor nos vamos para su oficina porque estás Amazonas todavía no están lista para aceptar un armisticio con los hombres. Yo estoy de acuerdo con usted vamos para mi oficina. ¡Un momento de aquí no se mueve nadie hasta que me resuelvan mi problema! Pero Alicia lo único que te podemos decir lo que sabe todo el mundo, que hay algunas mujeres para tener un Orgasmo, el hombre tiene que hablarle sucio cuando tienen sexo. Y también dicen que hay algunos hombres que tienen que hablarle sucio a su compañera para poder desahogar sus emociones. Los Letrados e instruidos en esta materia dicen que eso es una reacción normal del Cerebro para aliviar su presión sexual. Muchas gracias señor Madera, eso quiere decir que yo soy una mujer normal en lo que estoy sintiendo en mi cuerpo. Si Alicia aparentemente usted es una persona normal, ¿Por qué usted dice aparentemente? Porque las personas que son como usted siempre tienen secuelas cuando tienen una edad avanzada. Ahora con su permiso nosotros los hombres nos retiramos para mi oficina. Buenas tardes. Todos cambiaron sus miradas hacia la persona que había entrado en la oficina.......

Y que saludaba cortésmente. Y de la boca de Miltiño salió una pregunta.>> ¿Belinda que haces aquí? Cariño me he pasado todo el día esperando por ti. No has ido a buscarme, tampoco me has llamado por Teléfono. Es que tu hermano me dijo que tú habías decidido irte para los Estados Unidos. Amorcito tu eres mi esposo, y yo tengo que estar a tu lado. Yo sé que tú me quieres y me comprendes. ¿Cómo está eso que tú ahora eres la esposa de Miltiño? Por favor Juliana que pregunta me haces. Tú perdiste la oportunidad de conquistarlo, y el hombre siempre me gusto y decidí meterle mano, y no perdí la oportunidad el día que nos encontramos en Guanabo, nos casamos y si alguno de ustedes lo duda miren aquí traigo conmigo el Certificado de Matrimonio. Belinda saco de su cartera un documento y se lo enseño a todos para que vieran que era un papel legal de casamiento. > > Miltiño usted tiene que aclararme muchas cosas. Una de ellas es realmente que fue lo que sucedió ese día en Guanabo. Pero Núñez yo no me acuerdo de haberme casado con tú hermana. Pero cariño como puedes decir eso si tú mismo me llevaste frente al Juez de Paz, para que nos casara. Yo le juro por lo más sagrado que no me acuerdo haberme casado con Belinda. El Joven Miltiño se cubre la cara con sus manos, y Juliana le grita. Mírenlo muchachas, él es el mismo tipo de Gorrión que ha sido cogido fuera de su nido, y ahora se siente que su Libertad corre peligro, porque en las garras que callo le pueden cortar las plumas de sus Alas. Juliana por favor que a mí no se me está celebrando ningún Juicio, además yo no he cometido ningún Delito de Amor. Pero la guerra de palabras seguía y Carlota le dice. >> Por favor Miltiño, es mejor que te metas en la oficina y no te acerques a nosotras, porque tú ya apestas a Pez- cado. Y tú Belinda quédate con nosotras que tienes que decirnos como le hiciste para que este monstruo callera entre tus brazos.

¿Quién de ustedes es Alicia? Yo soy Alicia a sus órdenes. Es que afuera hay un joven que me pregunto que cuando cerraban la oficina, y que está esperando por ti. Y que se llama Almíbar. Alicia yo estoy seguro que ese tipo es el Limpia bota de la esquina. Así es señor Madera, realmente él no se llama así, lo que sucede es que a él no le gusta que lo llamen por su verdadero nombre. Habla di cuál es su verdadero nombre. Él se llama "Arcadio Campero". Pero qué horror, es que todavía hay padres que les ponen esos nombres viejos a sus hijos. Pero señor Madera, el pobre no tiene la culpa. Alicia ya puedes irte no hagas esperar tanto a ese muchacho. Y mañana no vengas a trabajar, pero el miércoles vienes temprano. Hay señor madera que bueno es usted. Vete ya y no me abrases tanto que me puedo arrepentir. Con la felicidad en todo su cuerpo. La joven secretaria agarro su Cartera, y sin despedirse de sus compañeras corrió hacia la puerta de entrada gritando el nombre de su enamorado. Almíbar. >> Qué cosa tiene la vida. Se fue Alicia llegaste tú. Carlota yo no creo que mi presencia hace falta aquí. Yo solamente vine a llevarme a Miltiño que es mi esposo.

Belinda, para que tú te lleves a tu marido tiene que ser que Juliana no lo quiera más. Y que la señora Mercado también renuncie a él. Lo que es Miltiño como hombre desde este momento deja de interesarme. Muchas gracias Juliana. ¿Y usted señora Mercado que me dice? Querida Belinda, tú sabes muy bien que nuestra hermandad nos prohíbe pelearnos por un hombre, desde ahora en adelante tu hombre para mi es sagrado. Las dos mujeres se dieron un abrazo, y se besaron la frente en forma de mutuo respeto. ¿Pero qué es lo que está sucediendo aquí, yo soy el hombre y por lo tanto yo decido con quien me quedo? Querido Miltiño lo siento mucho, pero tú perdiste. Belinda tú me preparaste esta trampa. ¿Por qué lo hiciste, si yo siempre he estado pendiente de tus sentimientos? Yo sé que tú me quieres un poquito, pero tú siempre has preferido a Juliana, y como dicen qué en el Amor, y la Guerra todo es válido, yo me adelante a Juliana, y también a la señora Mercado. Miltiño yo no estoy dispuesta a perderte, así que piénsalo bien porque tú eres el tipo de Negro, que a nosotras las Blancas nos gusta tener entre las piernas. ¡¡Señor Madera yo necesito que usted me represente en la Corte!! Licenciado, téngalo por seguro que yo voy a ser su Abogado defensor, no hay lugar a duda que con usted se ha cometido un "Delito De Amor". Señor Madera, en que se va a formar su defensa, cuando él es culpable por dejarme abandonada en Guanabo, la misma noche que nos casamos. Miltiño en eso ella tiene razón, pero no importa ya buscaremos otro argumento legal para defenderte de esta practicante ponzoñosa. ¿Licenciado Núñez, es que no me vas a defender de estas pirañas, o ya se te olvido que soy tu hermana? Lo siento mucho mi hermana, pero a mí no me metas en tus líos de Brujerías. Así que búscate otro Abogado que te defienda. Ya puedo ver que ustedes los hombres todos son igualitos en el momento de ser responsable con una mujer. Un momento señorita Núñez. Señor Madera no se le olvide que ya soy una señora. Hace unos días le entregue mi virginidad a este monstruo, que en este momento se niega reconocer que me juro Amor eterno cuando estábamos los dos desnudos en una cama haciéndonos el amor. Mientras la joven Belinda dejaba salir dos tristes lágrimas de sus dos ojos tristes, todos muy seriamente se quedaron mirando al Licenciado Miltiño que moviendo su cabeza en forma negativa les gritaba, >> ¡Se lo juro que yo no me acuerdo de nada! Miltiño eres un desgraciado. Muy enojada Carlota le reclamaba a Miltiño. > > Que poco hombre eres que no quieres reconocer que te comiste la Araña peluda, y no quieres pagar las consecuencias. Un momento antes de culpar a uno de los dos primero hay que averiguar quién se comió a quien. ¿Licenciado Saavedra, que es lo que usted quiere insinuar? Por favor señora Mercado. No estamos en los tiempos viejos en el cual siempre el hombre era el culpable de los Delitos de Amor. Hoy en día se ha podido probar que la mujer es más astuta que el hombre, y aunque eso no la hace más inteligente que el hombre...................................

Si la convierte en algo muy peligroso para el hombre. Licenciado Saavedra usted me huele a Machista. Y Usted señora Mercado me apesta a esas mujeres que quieren gobernar a los hombres mantenidos. Señor Madera. Diga usted Licenciado Saavedra. Mejor nos vamos para su oficina en esa forma podemos ponernos de acuerdo como defender a nuestro colega Miltiño, antes de que sea demasiado tarde y el veneno haga su efecto y doblegue su Amor propio. Señor Saavedra dígame hasta cuando ustedes los hombres sufridos se van a decidir a pedirnos perdón por el maltrato cruel que nosotras las mujeres todos los días recibimos de ustedes en el nombre del amor que muchas veces ustedes nos profesan. Señora Belinda, por respeto a mi colega Núñez, y que es su hermano no le contesto en la forma que usted se merece. Sin embargó yo le pregunto ¿No le parece usted un maltrato cruel lo que usted le hiso al Licenciado Miltiño, cazándolo como si fuera una presa de mucho valor? Por favor Licenciado Saavedra, a los hombres como Miltiño hay que darle caza en la forma que yo lo hice. De lo contrario nunca llegan al Matrimonio, y se vuelven unos mujeriegos empedernidos. Pero señora Belinda usted ha cometido un delito de Amor, con las agravantes que usted lo endrogo para que el firmara ese documento que es una entrega total. ¡Por favor señor Saavedra! Mire que mi esposo no es un Cordero, más bien es un Lobo feroz, que fue a Guanabo a ver si cazaba una tierna Gazela, y ha resultado ser que el pobre Lobo feroz de Cazador, resulto Casado, y ahora no se acuerda de todo lo que disfruto. Naturalmente para el que es el Lobo feroz le es muy conveniente negarlo todo. Y como todos ustedes están cortados con la misma Tijera, por eso lo defienden. Yo estoy convencida que ustedes cuatro, naturalmente incluyendo a mi hermano Núñez. Ustedes están convencidos porque son Abogados, que nunca van a cometer un Delito de Amor. Por favor Señora Belinda, es mejor para todos que nos calmemos un poco. Señor Madera yo estoy muy calmada, lo que sucede aquí es que ustedes los hombres después que se casan, si su Esposa no la tienen cerca entonces se la quieren dar de Solteros. Y muchos de ustedes guardan el Anillo de Casado en el bolsillo del pantalón. Señora Belinda, con todo el respeto que usted se merece le hago saber que yo soy un hombre Casado, y que nunca he dejado a ninguna mujer esperando en ninguna cita, porque la falta de puntualidad es una vergüenza para el hombre que la práctica. La falta de puntualidad degrada mucho al hombre. Pero en este caso de ustedes dos las cosas son diferentes porque en ningún momento hubo cita previa entre ustedes dos. Esta trampa usted la venia maquinando en su mente por mucho tiempo hasta que se le presento la oportunidad. Señora Belinda, en la Corte de familia yo le voy a probar al "Señor Juez" que usted cometió un Delito De Amor, con premeditación, y alevosía, causándole un trauma a mi cliente. ¿Y tú Núñez, no me vas a defender de este Monstruo, que me quiere mandar para el Príncipe?

Pero qué clase de hermano yo tengo que permite que me atropellen de tal manera. Llorando lágrimas de Cocodrilo, la joven desposada se sentó poniendo su cara entre las manos. >> Por favor señor Madera, tenemos que arreglar esto de alguna forma que no llegue a los oídos de mi Papá. Pero señor Núñez, es que usted no se ha dado cuenta que la tristeza, y esas lágrimas de su hermana son fingidas para que nosotros le tengamos piedad. No tenga usted la menor duda que su hermana juega el papel de la Viuda Negra inocente, y así logra todo lo que quiere de su Papá. ¡En fin la única solución es que se divorcien! Un momento. ¿Y mi honor de hombre, y el trauma que yo he sufrido, y que va a decir la gente cuando se enteren? Amigo Miltiño, por lo que digan no te preocupes mucho que lo único que van a decir es que tu apestas a "Pescado". Carlota tú te callas la boca porque yo no te he preguntado nada, además esa es una expresión muy "Chusma". Miltiño dejala que hable. ¿Además de que te quejas tanto, es que acaso no te gusto todo lo que te hice en la cama? El Licenciado Miltiño enmudeció, y su rostro cambio de color, y se dio cuenta que otra vez la joven Belinda, lo tiene acorralado frente a la mirada de todos que esperaban una contesta de él. Y agarrando a

Belinda por las manos le dice en un tono dulce. > > Esa noche fue algo especial para mí, mira que yo he tenido sexo con muchas mujeres, pero contigo fue algo diferente para mí, parecía que yo me encontraba en el mundo de las Abejas, y que tú eras la Reina que me dabas la miel de tu panal y con mucho placer yo disfrutaba cada segundo de tus caricias y mi Corazón desafiante como un rebelde se entregó por completo entre tus brazos. Y dejaste en todo mi cuerpo un sabor dulce, muy sabroso. Todos los presentes se quedaron en silencio mientras miraban como Belinda y Miltiño unían sus labios en un beso tan largo como el Malecón de la Habana, provocando que Juliana protestara enérgicamente. >> Basta ya de besitos. ¿Es que también quieren una cama? Ya podemos darnos de cuenta que entre ustedes dos no hay ningún Delito De Amor. Y que se metieron mano a puro gusto. Querida Juliana, yo diría que se metieron mano a puro Amor. Carlota yo no te lo he preguntado. Mira Juliana no seas faina, y reconoce que perdiste a Miltiño por tú poca experiencia con los hombres. Yo espero que la señora Mercado, mejor digo nuestra maestra "La Viuda Negra" nos enseñe un poco de todo lo que le enseño a Belinda, por qué esa cuartada de que ella estaba enamorada del Licenciado Miltiño, fue una mentira que se convirtió en verdad aunque todos creíamos que era cierto. Muchachos mejor regresemos a mi oficina, usted también Licenciado Miltiño. Aunque su opinión no va a servirnos para nada porque usted ya ésta contaminado, pero venga no se quede aquí entre estas Ponzoñosas que no solamente envenenan la mente de los hombres también son como Vampiras que nos chupan la sangre lentamente. A paso lento los tres Licenciados siguieron a su líder el Señor Madera, y todos bruscamente entraron en la oficina. >>

Por favor Miltiño. Usted cierre la puerta y todos tenemos que tranquilizarnos. ¡Porque aquí no ha pasado más nada que lo normal! Excepto una cosa, las visitas raras de Juan Diablo, y de Lázaro De Lo Santos. Yo no las considero algo normal. Si hablamos de esos dos entonces cambiamos de tema y no me van ayudar a resolver el problema que tengo con Belinda, y Juliana. Joven Miltiño, la única solución que tiene ese caso es que usted se decida por una de las dos, y si usted todavía no lo ha decidido es porque quiere quedarse con las dos, lo cual yo lo veo no imposible, pero sí muy difícil. Señor Madera. Hable usted Licenciado Saavedra. Ahora que ya el Licenciado Miltiño sabe lo que tiene que hacer yo le pregunto. ¿Por qué a usted le preocupa tanto las visitas de esos dos tipos? Estimado compañero yo siempre he oído decir a las personas de la tercera edad que cuando un grupo se reúnen y el tema predilecto entre ellos es el Amor, al Diablo le da celos, y se mete entre el grupo y riega un poco de Pimienta, haciendo que la pasión, y el deseo carnal sean más fuerte que el Amor. Usted lo que me ésta dando a entender es que Dios hiso el Amor, más la pasión la hizo el Diablo. Amigo Saavedra, cuando yo nací ya el Mundo estaba hecho, y yo solamente estoy repitiendo lo que mis Abuelos, y ancianos de aquellos tiempos hablaban en tertulias, algunos decían que el amor es una ilusión tan fina como nuestro espíritu hecho del Agua. Y que la Pasión es una energía tan fuerte porque está hecha con Fuego lo suficiente para calentar nuestro cuerpo y despertar el deseo carnal. Yo diría que usted sabe más del amor que lo que nos ha dicho, por favor señor Madera diga usted todo lo que sabe referente al amor. Amigo Saavedra hablar libremente referente al amor sin uno tener pruebas que soporte mis alegatos, eso puede convertirse en un "Delito Espiritual" pero sin embargo es mi opinión personal que a pesar de todo lo que se ha dicho y que todavía se dice que la pasión es más fuerte que el Amor, yo sigo diciendo que ese dicho es mentira. Yo les voy a explicar en una forma práctica. Primero tomemos una pareja de jóvenes recién casados que se Aman mutuamente, pero llega la pasión y el deseo carnal se impone entre los dos, pasado el tiempo el cansancio de la misma rutina los agota y la pasión los deja y ellos se preguntan siempre donde quedo el amor que nos teníamos. Naturalmente siempre en una relación mal llevada toda la culpa se la echan al amor. Nunca piensan que cambiaron el amor por la pasión, por el deseo carnal, pero el amor invisible como un espíritu ladrón les vuelve a robar el Corazón, uniéndolos en un Amor eterno. ¿Pero y la pasión donde quedo, es que acaso no regreso a los cuerpos que abandono? amigo Saavedra donde habita el amor eterno no hay espacio para la lujuria, tampoco para el placer. Al amor verdadero cuando lo hieren sufre mucho y sus heridas se cierran (sanan) rápido cuando perdonan al ser amado. Sin embargó las heridas que produce la pasión nunca se cierran porque por esas heridas entra el Odio, y la venganza.

Entonces es muy probable. ¿A qué se refiere usted Licenciado Núñez? No. Es que yo estaba pensando. Hombre hable claro sin miedo mire que nos encontramos entre amigos, y todos somos compañeros de trabajo. Estaba pensando que es muy probable que el amor que nos tenemos Caruca y yo sea amor eterno, y verdadero como dice el señor Madera. Señor Madera, yo lo considero a usted un hombre sabio en los asuntos del amor. ¿Deme usted un consejo, que debo de hacer con este amor que siento por Caruca? Licenciado Núñez porque me pone esa pregunta tan difícil de explicar. Fíjese usted Licenciado Núñez, si usted tiene hambre. Si se come una porción de Pan, se le quita el hambre. Si usted tiene sed, se toma un poquito de Agua, se le calma la sed, pero cuando uno siente el Amor verdadero por el ser amado es una sed eterna que no hay nada ni nadie que la quite. Y produce en su pecho un jubiló de felicidad que nunca molesta porque en cada encuentro que usted tenga con ese ser amado le deja su cuerpo dulce como el Azúcar de Caña. Así nos sentimos Caruca y yo cuando estamos juntos puro Me lao, Me lao, de Caña. Los tres amigos emocionados por las últimas palabras del Licenciado Núñez, abrazaron al Licenciado Núñez, como un gesto de apoyo a su amigo. >> Amigos yo les prometo que esta tarde tan pronto terminemos de trabajar voy directo a la casa de Caruca, y le voy a decir cuánto la Amo, y la quiero. Y también le voy a decir que quiero casarme con ella. Bravo Núñez, eso vale de tu parte. Con mucho jubiló y alegría, los amigos abrazaron a su colega y lo felicitaron por su acertada decisión. Y en ese preciso momento tocaban en la puerta haciendo que el señor Madera la abriera rápidamente. >> ¿Carlota, Ahora que quieres? Habla rápido mira que estamos muy ocupados. Señor Madera lo que sucede es que acaba de entrar un Negro todo vestido de Blanco, y dice que necesita un Abogado que lo defienda. Carlota esa no son formas para referirte a un ser humano, que podría ser un futuro cliente de nuestra Empresa. Se dice así. Aquel señor que está vestido de Blanco, anda buscando ayuda legal. De esa forma no hay ninguna necesidad de apuntarlo por el color de su piel. Aprende y no seas una bruta. Está muy bien señor Madera, como usted diga. Dígale que venga a mi oficina. ¿Ahora mismo? Si por favor. Sin decir ninguna palabra más, y con la sonrisa en la cara la cruel Carlota se acerca al hombre vestido de Blanco, y le dice algo en su oído y agarrándolo por el brazo izquierdo lo deja en la puerta de la oficina del señor Madera. > > Entre usted Caballero y siéntese, y díganos en que podemos ayudarlo. Bueno voy olvidar lo que me dijo su secretaria. No por favor dígame lo que le dijo mi secretaria. Ella me sujeto el brazo y me susurro en el Oído "Tú eres un Negro que todavía estas entero." Pero que insolente se ha vuelto Carlota. Señor le prometo que mi secretaria le pedirá perdón por esta insolencia por ella. No es necesario, que usted la molesté, personas como ella siempre están padeciendo de un desequilibrio mental que solamente ellas pueden corregirse.

Bueno en eso yo estoy de acuerdo con usted. ¿Pero dígame es usted un Doctor en medicina? No yo soy un Babalao. Mire señor, nosotros estamos aquí para servirle en nuestra profesión y respetamos su religión, también su Raza. Díganos cuál es su problema. Yo vivo en San Miguel del Padrón, y a mi consultorio llego un hombre joven de 25 años de edad. Y me dijo que lo ayudara por qué su mamá antes de morir lo obligo a casarse con una señora que tiene 42 dos años y que tiene mucho dinero de todo esto ya han pasado dos años y tienen un niño de ese matrimonio. El joven dice que él no la quiere que ella es muy vieja para él. Y que desde que vive con ella ninguna muchacha joven lo mira. Yo le dije que yo no podía romper su matrimonia. Pero si podía quitarle todas las malas Vibras que la señora le había echado y que él se sentiría mejor tomando sus propias decisiones. El muchacho estuvo de acuerdo. ¿Bueno, pero que fue lo que usted hiso con el joven? Le pregunto el Licenciado Miltiño muy intrigado. >> Yo lo bañe con "Arrasa con Todo" y le dije que se pusiera el perfume de San Alejo. Y ahora esa señora me acusa de que yo le saque su marido de su casa con Brujería. Señor nosotros los babalaos no podemos practicar la Brujería. De lo contrario perdemos nuestros votos, y nuestra Agua tiene que mantenerse muy limpia. Mire usted esta es la citación de la Corte. Por Dios, si usted y ese joven tienen que presentarse mañana en la Corte de Familia. Es que fue esta mañana que mi vecina me entrego el sobre y gracias a un amigo que tengo y que trabaja cerca de aquí él fue quien me recomendó que viniera donde ustedes, y me dijo que ustedes si me podían ayudar. ¿Y cómo se llama su amigo? él se llama Arcadio, pero le dicen Almíbar. ¡Seguro hombre a ese tipo ya lo conocemos! Exclamo el Licenciado Saavedra, que un poco avergonzado vuelve hablar. > > Perdone usted mi forma de hablar, pero Licenciado Madera si usted me lo permite yo me hago cargo de este caso. Muy bien Licenciado Saavedra, el señor Babalú es su cliente. Babalao es como se dice. Perdone usted, pero dígame su nombre de Pila. Mi nombre es "Diego de los Ángeles." Bueno señor Diego mañana usted tiene que estar aquí bien temprano porque yo tengo que hacerle muchas preguntas. Un momento que yo también tengo que hacerle algunas preguntas.

Miltiño usted no tiene que hacerle ninguna pregunta, no se te olvide que el señor Diego ahora es mi cliente. Usted perdóneme Licenciado Saavedra, pero dese cuenta en una cosa, primero llego un tal Juan Diablo, y después Lázaro de los Santos, y ahora se aparece un Babalao de nombre Diego de los Ángeles. Licenciado para mí un nombre es una forma de distinguir un ser humano del otro. Sin hacer caso a las protestas del Licenciado Saavedra. Miltiño le pregunta al Babalao. >> Señor Babalao, ¿Qué opinión tiene usted que es el amor? "El Amor es un Carcelero del Corazón". Cuando lo tiene preso no le permite al Corazón, pensar en otra cosa que no sea Amar y Amar sin medida ni razón. ¿Señor Babalao, usted odia el Amor? Lo detesto porque es una ilusión traidora.

Hoy puede estar contigo y mañana te abandona y se puede ir con otro sin importarle el daño mental que te pueda causar. El amor es una ilusión que de estúpido no tiene nada. Sabe muy bien cuando tiene a su presa, y conoce todos los secretos del Corazón, y cuando se siente perdido por un rechazo, se aleja y deja ese Corazón sangrando de tristeza. Y cuando algunas veces regresa entonces le dice a tú Corazón, no te preocupes si ella no te quiere, siempre hay una en tu camino que te va adorar. Mentira, todo son mentiras porque esa que de verdad tú quieres con toda tu Alma, nunca puede ser remplazada por otro amor. Porque tú sub consciente nunca olvida ni te traiciona, y siempre va estar en tú vida aún que ella sea de otro. Todos se quedaron en silencio mirándose entonces Miltiño le pregunta al señor Madera. > > ¿Señor Madera tiene usted alguna pregunta para el señor Babalao? No. Bueno si tengo algunas. Dígame usted señor de los Ángeles. ¿Cuántas veces puede uno enamorarse en la vida? Por la ley de Dios solamente una vez, pero como el amor anda suelto en el mundo sin cadenas, el ser humano tiene la indulgencia de volverse a enamorar. Explique porque usted dice que el amor anda suelto en el mundo sin cadenas. Fíjese usted Dios hiso el Amor para que las parejas se multiplicaran, pero el Amor se le escapa a Dios de sus manos produciendo un mal entendido entre los seres humanos. Porque el amor hay veces que es dulce, otras veces es amargo, hay veces que pretende ser un estúpido, pero no lo es porque conoce los sentimientos más profundos y oscuros del ser humano. Y cuando uno dice yo no me vuelvo a enamorar el amor te contesta. Estas equivocado porque eso es algo que yo decido, no tú. Y sin uno darse cuenta estas cometiendo el mismo error enamorándote. ¿Señor Babalao, y si uno se queda con la misma pareja para toda la vida, que sucede si uno de los dos se vuelve a enamorar? Bien claro lo han dicho los profetas, y los sabios, lo que Dios une nada ni nadie lo puede separar. Si uno de la pareja unida por Dios llegase a enamorarse de otra persona tendrá que pagar por su desobediencia. ¿Pero en qué forma va a pagar, porque eso ante los ojos del hombre es un adulterio? Yo sé que el hombre considera el adulterio como un Delito De Amor, pero Dios es un espíritu inteligente, y muy bondadoso con sus hijos, y nos enseña que cuando nosotros estamos muy lejos de la persona que Amamos sufrimos mucho, y que cuando queremos regresar y no podemos hacerlo sentimos en el pecho un dolor tan profundo que cuando suspiramos exclamamos "hay Dios mío porque yo hice eso" y de esa forma Dios nos da la oportunidad de arrepentirnos del mal que le provocamos a la persona Amada. ¿Y si nunca llegamos arrepentirnos? Cuando llegue el día, y la hora de la transformación de tu cuerpo y pases a ser un espíritu, Dios te va a decir tú no puedes sentarte en mi mesa. Yo no te conozco, yo no sé quién tú eres retírate de mi lado. Un profundo silencio quedo entre los licenciados al escuchar la explicación del Babalao, que los miraba muy sonriente, y pregunta a todos.

¿Es que ustedes tienen duda de que el Amor existe? Mire usted señor De los Ángeles, nosotros somos Abogados de Divorcio. Y usted no tiene idea como en estos tiempos las parejas quieren Divorciarse. Señor madera. ¿Así me dijo como se llama? Correcto así es. Pues mire usted que en estos tiempos son más los que nacen que los que mueren. Señor Babalao mi nombre es Miltiño, y perdone que lo interrumpa, ¿Pero que tienen que ver los que nacen con los que se Divorcian? Resulta ser que el cincuenta y dos por cientos de los que nacen son hijos de los que se divorcian, y aunque se dice que los hijos no tienen nada que ver con lo que hacen los padres, pero resulta ser que el pecado es un Virus que corre por la sangre antes de manchar el Alma. Ahora con el permiso de ustedes me retiro porque una de las muchachas quiere hablar conmigo. Sin preguntar más nada el Babalao salió de la oficina y se dirige hacia donde están las muchachas sentadas. Mientras que el Licenciado Saavedra le dice al señor Madera. >> No tenga usted ningún pendiente que mañana temprano yo atiendo al señor De los Ángeles. Amigo es mejor que usted se olvide de ese caso. Pero señor Madera, él dijo, o estuvo de acuerdo con usted. No diga más nada señor Saavedra. ¿O es que usted no conoce cuando tiene a un Ángel frente a usted? No, la verdad que no me di cuenta. Pues mírelo ahora que va hacia el recibidor. El hombre va caminando, dando pisadas como debe ser natural, o va de ligero como si estuviera en el aire. Todos se quedaron en silencio mirándose las caras hasta que Miltiño le pregunta al señor Madera. >> ¿Y porque usted cree que vino hablar con nosotros? La verdad que a él le ordenaron a que nos aclarara un poco la mente. Quien lo mando no lo sé. Pero si nos ha enseñado que ese amor suelto que anda por el mundo sin cadenas es muy pecaminoso, y el Amor que Dios pone en nuestras Almas es eterno. Solamente nosotros tenemos que aprender cómo distinguir entre el Amor bueno, y el malo. Mire usted señor Madera no me complique más la mente usted lo que me quiere decir es que yo tengo que saber quién es la mujer que me quiere de verdad. Joven Miltiño fue usted quien dijo eso. Yo no lo dije, pero si usted ésta en duda de sus Amores, ese es su problema. Yo si Amo a mi esposa, y de su Amor estoy completamente seguro que ella me Ama también. Lo mejor que usted puede hacer es cuando el De los Ángeles termine de hablar con las muchachas usted pregúntele a su Juliana, los menores y los mayores de lo que conversaron. El Licenciado Miltiño no le contesto al señor Madera, y el Babalao ya empezaba a conversar con la secretaria María. >> ¿Señorita María es verdad lo que me dijo su amiga Carlota, y que usted es la casamentera de su barrio? ¡Eso no es cierto! Yo nunca le he dicho tal cosa. Eso es verdad que usted no me dijo eso. ¿Pero diga que fue lo que usted me dijo en mi oído izquierdo? María no me mires así que yo no he dicho nada malo de ti. Oye me bien Carlota, la próxima vez que yo me entere que tú estás hablando bueno o malo de mí, te voy a volver tu vida en cuadrito. ¡Te lo juro!

Señorita Carlota tenga mucho cuidado con una Bruja Blanca, que siempre cumplen lo que prometen. Mire usted señor De los Ángeles, si usted ya termino a lo que vino hacer aquí, lárguese ya que nadie le ha dado vela en este entierro. Señorita Carlota con esa actitud que usted tiene nunca tendrá ningún amigo, y mucho menos podrá conquistar el Amor que usted siempre ha soñado tener. El príncipe de la oscuridad es el maestro de la mentira, pero la verdad siempre se mantiene firme en la Luz Divina. Como es posible que usted este dando consejos religiosos y no le veo ningún libro santo en sus manos. ¿Dígame a que religión usted pertenece, o es que usted es miembro de algún culto africano? Señorita Carlota yo soy un miembro de su misma religión, la única diferencia que usted nota entre los dos es que usted va por caminos equivocados, y yo me mantengo firme en la ley de Dios. ¡Caramba! Miren muchachas aquí tienen a un hombre que se considera libre de pecado. Mire usted De los Ángeles, que la verdad yo no sé quién le dio ese Apellido, aquí nosotras no estamos hablando referente a Dios, ni tampoco de Religión. ¿Y de que estaban hablando? Porque yo estaba lo más tranquilo en el umbral de mi casa cuando oigo una voz que grita. ¡Ojalá Dios mande a alguien, y nos castigue por hablar tanta mierda! ¿Oiga quien usted se cree que es, acaso Dios? Nosotras aquí lo único que estamos hablando es quien comete más Delito en el Amor, si la mujer o el hombre. Pero señoritas es que ninguno de los dos sexos ésta por arriba de la ley de Dios, y ésta bien escrito en los libros santos que en el Reino de Dios el primero será el último y el último será el primero. Todas se quedaron en silencio mirando al señor De los Ángeles hasta que María en un tono suave le pregunta. >> Mire señor, yo no sé cómo usted sabe que yo grite tal petición. Pero nosotras no cometemos ningún pecado tratando de saber que es el Amor. ¿Es que acaso usted sabe que es el Amor? Y no nos diga la primicia, porque ya la hemos leído varias veces. Son muchos los que la han leído, y también son muchos que no han comprendido el mensaje de amor. Ustedes han sido seis mujeres que se han reunido hoy y solamente una ha sentido en su cuerpo realmente lo que es el Amor, y ella es Alicia que fue a entregarse en alma y cuerpo a su hombre sin pedir nada en cambio porque Alicia y Almibar, son conforme con el Amor que sienten y se olvidan del pasado perdonándolo todo, y no piensan en el futuro porque el amor que sienten ocupa todo el diario vivir. Sin embargo ustedes cinco (Carlota, Juliana, María, Belinda, Mercado) siempre le piden y le exigen al amor algo en cambio que según ustedes eso le proporciona un seguro de que el hombre amado nunca se va a ir de su lado, pero eso que ustedes piensan y hacen es mentira el verdadero amor cuando viene de Dios no tiene amarre ninguno y es puro como el agua viva que quien lo toma nunca volverá a tener sed porque el Amor que da Dios hace crecer tu Alma. ¿Entonces nosotras somos más pecadoras que ellos? Querida Juliana yo nunca he dicho tal cosa.

Entre los cuatro hombres que hay en la oficina (Miltiño, Saavedra, Núñez, Madera) solamente el Licenciado Núñez ha sentido en su Alma el Amor de Dios, pero sus compañeros de trabajo continuamente y sin darse cuenta tratan de mancharle el amor que siente por Caruca. Que si él logra consumarlo va ser su felicidad porque lo que Dios une nada ni nadie puede separarlo. Así que si alguna de ustedes tiene otra pregunta que hacerme no hay problema alguno. Dígame señor Babalao o De los Ángeles. Una suave sonrisa se refleja en la cara del hombre calvo, y vestido de color Blanco, a la vez que le dice a Belinda. >> Señorita Belinda vuelvo a repetir que mi nombre de pila es Diego De los Ángeles. Bueno ésta bien. ¿Pero dígame ya que usted conoce el amor, si yo voy a ser feliz con el Licenciado Miltiño? Señorita Belinda el Amor de Dios no se puede comprar porque nunca estará a la venta. El tipo de Amor que usted le compro a ese Juez no tiene valor alguno ante la ley de Dios. Bueno según usted piensa así, pero en el registro civil de Guanabo, consta que Miltiño y yo estamos casados. Y eso nadie lo puede negar. Señorita Belinda todavía usted tiene tiempo de arrepentirse y solucionar este Delito de Amor que usted misma ha provocado. Yo sé, y a mí me consta que usted nunca ha tenido sexo con el Licenciado Miltiño, porque usted lo endrogo tanto que lo paralizo por completo y el hombre no pudo hacer nada y usted lo dejo abandonado en la playa creyendo que estaba muerto, pero su maestra espiritual la señora Mercado la llamo bien temprano y te informo que el Licenciado Miltiño hoy se encontraba en su oficina y que la joven Juliana no estaba dispuesta a perderlo por una noche de parranda que tubo contigo. Por eso es que tú estás aquí reclamando frente a los hombres lo que tú considera que es tuyo. La única diferencia entre ustedes dos es que Juliana reclama el Amor del Licenciado Miltiño frente a Dios. Pero Dios como buen sabio que es á dejado que el Licenciado Miltiño sea con quien él va a pagar su Delito de Amor porque él no es ningún Santo. ¿Y qué pasaría si Miltiño me escoge a mi como su única esposa? Y porque a ti yo también lo Amo, y también quiero ser su único Amor. Juliana no te metas, que a ti Miltiño no te quiere. Reconócelo Belinda que tuviste tu oportunidad de conquistarlo y lo echaste a perder todo. Ahora me toca a mí mostrarle a mí Licenciado que yo soy la única mujer que a él le conviene tener como esposa, sabes porque, porque yo soy como el señor Núñez, y nuestra amiga Alicia que cuando aman no piden nada en cambio. Juliana tú lo que eres una mañosa que sabe aprovecharse de las circunstancias, pero ahora perdiste la pelea porque Miltiño es mi esposo y nadie me lo puede quitar. Pero Belinda tú no te das cuenta que yo nunca le voy a pedir a Miltiño, nada material, es todo lo contrario de lo que tú piensas hacer. Yo solamente quiero darle Amor, y quiero hacerlo feliz a mi lado sin pedirle nada en cambio. Juliana tú lo que eres una cualquiera, pero si quieres pelear conmigo es tu problema porque estoy dispuesta de hacer todo lo que este a mi alcance, pero

Esta guerra la gano yo en cualquier forma, y no me importa lo que yo tenga que hacer para lograrlo y si tengo que matarte eso también puedo hacerlo. Para evitar a que Juliana, y Belinda pelearan físicamente la señora Mercado enseguida las separa y las regaña. >> Pero que escandalo ustedes dos han formado por un hombre que duda si las quiere. Belinda esa no es la forma que yo te he enseñado como conquistar a un hombre. Para conquistar a un hombre primero hay que buscarle su debilidad que tiene en el amor, porque esa debilidad los vuelve como un niño que sufre cuando quiere un Juguete y no se lo dan. En estos momentos el Licenciado Miltiño se siente muy macho porque ninguna mujer lo ha hecho sufrir por amor, pero a cada Guanajo le llega su día de gracia y cuando él se sienta solo se va a dar de cuenta que ninguna de ustedes lo busca, entonces es cuando él solito va a caminar por el Malecón de la Habana mendigando el amor que nunca tuvo, porque la verdad es que ninguna de ustedes dos no han tenido sexo con él. ¡Caramba señora Mercado usted me sorprende! La verdad que usted ha madurado en todos estos años que han pasado desde que la conozco. Mire Diego Delos Ángeles, dígale a su jefe espiritual que no me siga más, y que pare de estar pregonando que nosotras las Damas de Negro somos hijas del Príncipe de la oscuridad, porque eso no es cierto. Nosotras la única doctrina que tenemos es la de la Diosa LILAS. La primera mujer del mundo creada por Dios. Y si los hombres nos llaman La Viuda Negra, es porque ellos siempre terminan su vida a nuestro lado amándonos apasionadamente. Señora Mercado no se ponga tan sentimental frente a sus discípulos, y dígales que ustedes también se dedican a robarle el Alma a los hombres para convertirlos en esclavos de su Diosa. Eso que usted dice no es cierto porque mi Diosa no obliga a nadie a servirle en su Harén. Y ahora yo me retiro vamos Belinda. También llévate a Carlota si quieres, que ella si te puede ayudar en tu misión. De los Ángeles, tú no tienes ningún poder para obligarme, así que te puedes quedar con Carlota porque su Alma ya está podrida y solamente tu Dios se dedica hacer esa clase de trabajo. Vamos Juliana. Yo no sé si quiero ir, tampoco estoy segura que quiera ser tu discípula. Puedes quedarte si quieres, pero te aseguro que el amor que ofrece su Dios es tan sufrido y doloroso como los caminos que van hasta donde él tiene su trono. Sin esperar ninguna contesta de Juliana, la señora Mercado se puso su Sombrero de alá anchas y seguida por Belinda las dos salieron del Edificio dirigiendo sus pasos hacia el Paseo Del Prado. Mientras que el señor De los Ángeles le preguntaba a Juliana. >> ¿Por qué no te fuiste con ellas? No me fui porque mi naturaleza no es controlar a los hombres, yo prefiero Amarlos sin ningún amarre porque la Libertad es un divino tesoro. Juliana eso es lo que quiere Dios, que sus hijos vayan aprendiendo poco a poco que es el sentido de vivir en este mundo, y que le den valor el Amor que él nos tiene. No tenga pendiente de mí, que ya me di cuenta que el Licenciado Miltiño no es el hombre que me conviene tener a mi lado.

¿Y usted Carlota que piensa hacer con su vida? Señor De los Ángeles desde el punto de vista ya que todos aquí piensan que yo soy la pecadora tengo pensado mudarme para la ciudad de Matanzas, y empezar una nueva vida donde nadie no me conozca. Carlota todo ser humano tiene derecho a una segunda oportunidad, pero con Dios un arrepentimiento que venga de su Alma es suficiente porque usted también es hija de Dios. No se preocupe señor Delos Ángeles, que no me voy a olvidar de sus buenos consejos solamente pido un poquito de tiempo para poner en orden algunas cosas y yo le juro que voy a llevar mi vida por el camino correcto. En el día de hoy he aprendido que un Delito de Amor es más pecaminoso que un crimen pasional. En un Delito de Amor el cuerpo de la persona afectada sufre emocionalmente un fuego incontrolable que puede durar mientras la persona está viva. En un crimen pasional el cuerpo solamente sufre el arranque de la vida, y si alguno queda vivo tiene el beneficio de arrepentirse y vivir el resto que le queda de vida. Carlota yo me alegro que usted ésta pensando en una forma positiva. ¿Y usted María que tiene pensado hacer con su vida? Señor De los Ángeles yo no tengo intenciones de cambiar mi vida, yo sé que la gente me llama la Bruja Blanca, pero mientras yo no haga nada malo, o caiga en pecado mortal yo sigo siendo hija del Dios De los Cielos. Quizás algún día encuentre un hombre que me brinde su mor y se case conmigo, pero por lo pronto sigo en mi trabajo, pero le aseguro que yo sé cuál es el Dios verdadero porque lo siento en mi Corazón. Mostrándole una sonrisa de aprobación a María, el señor De los Ángeles miro hacia el pasillo y dice. >> No se escondan y vengan aquí que yo también quiero saber que ustedes piensan hacer con sus vidas. Los cuatros Licenciados se acercaron al recibidor, y miraron a María, Carlota, Juliana y al señor De los Ángeles que muy sonriente les decía. >> Todos ustedes dicen no conocer que es el Amor, y yo les digo qué si ustedes conocen a Dios, ya ustedes conocen lo que es el Amor, porque Dios Ama a todos sus hijos en la misma manera sin distinción de sexo, o color de la piel. La duda es una prueba muy fuerte para el ser humano y aquel que logra destruir la duda de su cuerpo, y hace desaparecer la duda de su Alma ha logrado caminar la mitad de su vida en este mundo. Señor De los Ángeles, para usted se le hacen las cosas más fáciles porque ya usted no pertenece a este mundo, pero nosotros que todavía estamos vivos nos es muy duro la vida que estamos viviendo con tantos problemas, y pruebas que nos pone Dios en el camino que hay veces que nos hace dudar si de verdad Dios nos quiere cómo los libros santos nos dicen, y los viejos profetas nos han venido diciendo. Señor Saavedra no hay motivo para que usted dude, y crea de qué no conoce lo que es el amor. Usted ahora Ama su esposa, y también quiere y adora a todos los miembros de su familia. Yo estoy seguro que si algún día la muerte se lleva a uno de sus miembros usted sufre con dolor por el amor que siente por su esposa, hijos y familia.

También yo estoy seguro que si alguno de sus amigos muere tu Alma también sufre, porque dentro de tu cuerpo habita el amor. El Licenciado Saavedra cambio su postura, y también su mirada y mantuvo silencio entonces el Licenciado Núñez le pregunta al señor De los Ángeles. >> ¿Por qué el Amor se manifiesta en esa forma tan triste en nuestro cuerpo? Señor Núñez el amor tiene muchas formas de manifestarse todo depende de la persona. Por ejemplo. Si el amor sufre la persona sufre, si el amor es alegre la persona también lo es. El amor tiene muchos síntomas, pero nunca es traicionero, y se entrega por completo sin pedir nada en cambio, señor Núñez el amor que usted siente por la señorita Caruca es como una energía que ésta viva dentro de su cuerpo que comparte con usted sus tristezas, sus momentos de alegría y meditación, y siempre espera por usted porque el verdadero amor nunca guarda resentimientos y siempre perdona cualquier agravio. Yo le juro señor De los Ángeles que desde hoy en adelante toda señal que yo sienta en mi cuerpo le voy a poner atención, y de esa forma voy conociendo todos los síntomas del amor. Usted ha pensado muy bien porque el cuerpo hay que cuidarlo mucho porque es el templo de su Alma. ¿Si nuestro Dios nos ama, así como usted dice, por qué nos permite qué pequemos una, y muchas veces cuando él fácilmente podría evitarlo si él quisiera? Joven Miltiño, Dios no es un Dictador con sus hijos. Fíjate que nos creó a imagen propia de él, menos dos grados. Nos da pleno albedrio que podemos decidir si lo queremos a él o al montón de Dioses falsos que hay en este mundo. Nos ofrece la oportunidad, y el tiempo de arrepentirnos si nos equivocamos. Cuando Dios hiso este mundo no había pecado alguno, fue el hombre desobediente a la ley, el que cometió el pecado trayendo consigo la muerte. Pero nuestro Dios no quiere perder a ninguno de sus hijos y por la fe que tengamos en él, podemos tener su perdón. Usted joven Miltiño ha tenido mucha suerte con sus compañeros de trabajo que afortunadamente el tema de amor, y el Adulterio es el tema favorito de hoy día. Pero quiero que usted entienda que en este mundo cualquiera puede cometer un Delito de Amor, y no saberlo. La confusión entre la pasión, el deseo sexual, y el Amor verdadero siempre han sido mesclado en las Cortes produciendo una Orgia de sentimientos encontrados que hoy los escribanos de la ley le llaman Delito de Amor. ¿Y usted señor Madera tiene alguna pregunta referente al Amor? Y que puedo yo agregar si todo se ha dicho referente a ese tema, pero yo mismo me hago esta pregunta ¿Por qué hay dos Amores, el Amor que nos hace pecadores, y el Amor que nos da Dios, y porque los dos Amores sentimos que nos endulzan la vida? Señor Madera no toda la culpa se le puede echar al Príncipe de la oscuridad, el hombre también tiene su parte en la gran mentira. Con el venir de la vida el hombre siempre ha dicho que Cupido hace que las parejas se enamoren lo cual es una gran mentira inventada por el hombre, fíjese usted como comercialmente lo pintan.

Como un angelito que tiene un Arco en sus manos y dispara una flecha atravesando un Corazón. Dios no se dedica a crear esa fantasía, es el hombre que trata de cambiar el verdadero Amor por otro falso, por conveniencia propia en ciertos casos por dinero, en otras ocasiones por pura Orgias sexuales, o cuando se le dice a la pareja yo te Amo y es mentira. El hombre ha sido tan cruel con si mismo que ha escogido un día para celebrar el Amor comercialmente y le han puesto hasta nombres. El Amor que viene de Dios no tiene precio y se da de día, y de noche. Y no tiene un momento especial para manifestarse porque es transparente y sin mancha. Ahora con su permiso yo tengo que retirarme porque la vida nunca se detiene, pero si les digo que ustedes no están por accidente en este mundo. Y solamente Dios sabe su propósito. Caminando hacia la puerta de salida el señor De los Ángeles los volvió a mirar y les sonrío suavemente mientras su cuerpo desaparecía por completo. Todos se quedaron en silencio y se miraban uno al otro, hasta que el señor Madera se decide hablar. >> Ninguno de nosotros no debemos de hablar de lo acontecido hoy aquí. Una porque nadie nos va a creer y pueden tacharnos de locos. Otra qué las gentes le pueden dar mala fama a nuestro Buro de Abogados, y eso no nos conviene. El silencio ha de ser nuestra medicina, y el tiempo nuestra cura. De repente Carlota se pará de la silla y le pregunta al señor Madera. >> ¿Siempre me va a despedir? Por ahora no. He cambiado porque quiero darte una oportunidad que consigas otro trabajo, o te mudes para otra ciudad, así como lo dijiste.

Al Licenciado Saavedra y a mí no nos conviene verte todos los días, y es mejor evitar los problemas. Ustedes ya pueden irse, miren que hora es las tres y media de la tarde. ¿Nos está botando Licenciado Madera? Por favor Juliana usted nunca piense en eso, yo solamente quiero que no las coja la hora pico, y que no lleguen tarde a sus casas. ¿Y ustedes cuatros que piensan hacer? Señorita Juliana, aunque yo no tengo porque contestarle esa pregunta le diré que nosotros cuatro nos vamos a quedar a dialogar referente a lo que ha sucedido hoy. Y quizás dialogando podremos saber cuál de nosotros tiene un Delito de Amor. ¡Yo me quedo con ustedes! Y nosotras también nos quedamos. Señoritas ustedes no pueden quedarse. Se les puede hacer demasiado tarde y van a llegar de noche a sus casas. Señor Madera no tenga tanto pendiente de nosotras. Ustedes son unos Lobos que van hablar de nosotras detrás de nuestras espaldas, no se le olvide que lo sucedido hoy aquí nos concierne a todos los presentes. Señoritas nunca pensé que ustedes tuvieran tan baja opinión de nosotros, nosotros no somos Lobos. ¡No me diga! ¿Entonces que son ustedes cuando se meten en horas de la noche en una casa de Citas? El señor Madera palideció un poco por la pregunta de Carlota que lo obligaba a defenderse. >> Ustedes señoritas hay veces que se comportan como Ovejas inofensivas, pero no se les olviden que ustedes tienen la razón más grande entre las piernas por la cual el hombre siempre cae en un Delito de Amor.

Señor Madera es un atrevimiento de su parte hablarnos de tal manera como si fuéramos las únicas culpables de la debilidad que ustedes los hombres tienen que soportar todos los días. ¿Es que nunca se han preguntado por que

Dios los hizo así? María por favor en ningún momento ha sido mi intención ofenderlas, y terminemos esta conversación porque podemos convertirnos en enemigos. Mire señor Madera lo que ha sucedido hoy aquí en esta oficina es que ustedes los hombres, bueno muchos de ustedes no quieren reconocerse que son el sexo débil. ¡Eso nunca María! Hubiera preferido no haber nacido. Todos miraron al Licenciado Miltiño, y a María que se habían puesto de frente cara a cara. >> ¡Y porque no! Si ustedes los hombres nos gritan, nos agolpean, y terminan llorando por nuestras faldas y muy tranquilamente sin protestar lo aceptan todo. Donde queda ese machismo que muchos hombres pregonan con altivez, y otro llegado el momento de la verdad se les olvida, y ni siquiera lo mencionan. Mire María no se esconda en su papel de Bruja Blanca para hablar mal de los hombres porque yo estoy seguro que en algún momento de su vida usted también lloro por algún hombre. Licenciado Miltiño, si lo hice y estuve más de un año sirviéndole a ese hombre como una esclava. Hasta que levante mi frente y dije no más, y me le escape. Hoy en día ese desgraciado esta tranquilito sirviéndole a una Viuda Negra, y sin poder protestar. Por favor, por favor oigan que alguien está tocando con insistencia en la puerta de entrada. Carlota ve y dile a quien sea que por hoy ya estamos cerrado que regrese mañana. Si señor Madera, como usted ordene. Mientras Carlota se dirigía a la puerta, el señor Madera trataba de calmar los ánimos entre María, y el Licenciado Miltiño. Poco a poco Carlota abriendo la pesada puerta de hierro, y pudo ver la mujer que muy alegre esperaba para poder entrar. >> Lo siento mucho, Pero ya estamos cerrado. Claro que si entro si ahora la puerta está abierta, y mi niña no se equivoque que yo soy señorita. Dime donde está tu patrón que una señora de alta elegancia me dijo que viniera aquí a leerle la mano. La hermosa y joven Gitana, sin hacerle caso a las protestas de Carlota se dirigió directamente donde se encontraba el señor Madera, y asociados reunidos. >> Carlota yo te dije. Y yo se lo dije señor Madera, pero ella no me hiso caso. ¿Dígame jovencita quien es usted y a que ha venido, o es que usted no puede ver que ya cerramos? Mire usted patrón no se enoje conmigo, y no me haga tantas preguntas a menos que usted sea de la Secreta. Mire usted señorita yo no soy de la policía y usted termine de decirnos a que ha venido hasta aquí. Echa, pero que mal genio se carga usted, se parece mucho a mi papá. Pero en fin yo estoy aquí porque una señora muy elegante me dio cincuenta pesos para leerle la mano a un negrito bonito. Y la señora no se equivoca el muy condenado ésta lindó de verdad. ¿Mire usted señorita, como usted se llama? Todos en el bajo Neptuno me dicen la niña Rita. Lo más probable es que falte alguien más por venir. Por favor Licenciado Saavedra, no diga usted eso.

Pero dese cuenta usted tan solo mencionamos que deseábamos saber si alguien de nosotros sabía que es el Amor, y mire usted cuantos personajes se han aparecido hasta ahora. Primero La viuda Negra, Juan Diablo, Lázaro De los Santos, Diego De los Ángeles, y la Niña Rita también podemos contar a María la Bruja Blanca. Señor Miltiño, permita que la niña Rita te lea la mano. María de ninguna manera, yo no creo en esas cosas. Pero niño si no tienes que pagarme nada, la señora Rubia vestida de Negro ya me pago. Pero es que tú eres lindo. Por favor Miltiño hágalo de lo contrario esta Gitanita se va enamorar de usted. Está bien Juliana, solamente porque usted me lo pide. ¡Huy que complaciente es el niño con las muchachas! Mira Gitana déjate de Zalamería y apúrate. La joven Gitana se sentó frente a Miltiño, y suavemente le agarro las manos haciéndole retroceder un poco. Mi niño cuando tu tenías dieciocho años eras muy enamorado, pero de todas las muchachas de tu pueblo había una que ya murió esa te pario una hija muy bonita. Gitana estas diciendo mentiras porque yo no tengo ningún hijo. Niño Lindo nosotros los Gitanos no podemos decir mentiras cuando trabajamos o seremos castigados por siete años. Y si no me crees lo que te digo pregúntale a esta Brujita Blanca si la niña Rita ésta diciendo alguna mentira. Miltiño lo que dice la niña Rita es verdad, ningún Gitano puede decir alguna mentira cuando está haciendo su trabajo a expensa de perder sus votos por siete años. Esa muchacha se enamoró mucho de ti, pero ella era muy pobre y caminaba las calles de tu pueblo descalza, y la gente la llamaba Blanca la loca, se enfermó de un mal que no la dejaba respirar bien, y en las últimas horas de su muerte solamente pedía verte otra vez. Basta ya Gitana, no quiero saber más nada. De un jalón el Licenciado Miltiño retiro sus manos lejos de la niña Rita que rápidamente le grita.>> Mi niño Lindo tú tienes que arreglar tu pasado si quieres ser feliz en tu presente. Señor Madera lo que hiso el Licenciado Miltiño a esa tal Blanca la loca, se puede decir que es un Delito de Amor. Señorita Juliana no podemos acusarlo tan apresuradamente. No olvidemos lo que nos dijo el señor De los Ángeles, que el Amor se manifiesta en muchas formas feliz, o triste, pero nunca pide nada en cambio. Pero Juliana como puedes pensar eso de mí si en ese entonces Blanca y yo éramos unos muchachos de Escuela. Mitiño tú te aprovechaste de la Locura de Blanca. ¡Pero mi niña si tú estás celosa de una muerta! Mira Gitanita cállate la boca, que no es a mí a quien tú estás consultando. Pero mi niña si ya yo terminé con el niño Lindo. Ahora puedo verte tu mano. Para ya de llamarlo niño Lindo, que a mí no me vas a leer las manos. ¿Y porque no Juliana? A mí también me gustaría saber si tú escondes algún secreto de tu pasado. Miltiño a ti no te puede importar nada de mi pasado, si tú a mí no me quieres. Señorita Juliana usted tiene que dejar que la Gitana le lea su mano, ya que estamos reunidos todos vamos hacer lo mismo. Pero patrón, todos tienen que pagarme cinco pesos, con veinticinco centavos. ¿Pero porque cinco, veinticinco?

Me parece que eso es mucho. Patrón es que son cinco pesos para mí y veinticinco centavos para mis seres espirituales. Pero ya el niño Lindo no tiene que pagarme porque la señora elegante me dio el dinero. Esa Viuda Negra hay que tenerle mucho cuidado, porque sabe cómo vengarse. Licenciado Saavedra usted ha dicho la verdad tenemos que darnos cuenta como tratamos a la señora Mercado para que no se sienta ofendida por ninguno de nosotros. Ahora Gitana lea la mano de Juliana. Venga mi niña vamos a leer tu suerte. A mí no me llames mi niña, porque tú y yo no somos parientes, Gitana creída. Aunque protestando la Joven Juliana le extendió sus manos a la niña Rita, que con mucha alegría empezó a leerlas. > > Pero mi niña si tu tuviste un Amor viejo, que te hiso mujer a temprana edad, pero aquí veo a tu tío protegiéndote. Suéltame las manos, con razón dicen que los Gitanos son unos chismosos, y cuentistas. Juliana tienes que dejar que la Gitana termine de leerte las manos. No señor Madera, si quieren saber que paso con mi tío, yo misma se lo diré. Para ese entonces yo tenía trece años de edad, y mi tío cuarenta y cinco. Sucedió todo tan rápido que todo me pareció que era una pesadilla, pero la realidad fue que de verdad todo sucedió y yo me sentía impotente para evitarlo. Los ojos de Juliana se humedecieron mientras decía su historia a sus compañeros de trabajo que tranquilamente le ponían atención. >> Fue un día saliendo yo del colegio me puse a jugar con mis amigas y se me ensucio de fango la blusa Blanca del uniforme, entonces para evitar que mis padres me regañaran fui a casa de mi tío a limpiar la Blusa, entonces mi tía la esposa de él me dijo que entrara al baño y que me quitara la Blusa que ella la limpiaba. Así lo hiso, pero antes de entregarme la Blusa mi tío entro en el baño por accidente y me vio se mí desnuda nos quedamos con la mirada fija sin embargo no sé porque yo no me tape, y me gusto en la forma que él me miraba. Para hacerle la historia más corta, él me hiso mujer y tuvimos una relación muy tormentosa porque todo lo teníamos que hacer a escondidas cuando mi papá supo de que su propio hermano estaba teniendo sexo conmigo, se forma tremendo escandaló en la familia. Mi padre tomo un Machete y fue a buscar a su hermano para matarlo, mi tío corre huyendo hacia el monte y cuando mi papá dio con él, lo encontró colgado en una Ceiba, se había horcado. Ese es mi Delito de Amor. Rompí un matrimonio, y como castigo mis padres y toda mi familia me tienen un resentimiento mientras yo viva. Y por más que les digo que yo re conozco que hice un mal, y que estoy arrepentida ninguno de ellos me perdona. Mi padre sintió tanta vergüenza que nos mudamos del pueblo para estar lejos de la familia, y de las personas que nos conocen. Señorita Juliana me parece que usted ha pagado bastante por ese Delito de Amor, pero como en todo juicio hay que oír el alegato de ambas partes. Pero su tío, es un difunto que no puede defenderse, y lo más probable que el tuviera problemas emocionales con su esposa y tu Amor fue como un bálsamo que alivio su problema familiar.

Pero como ese Amor era una aventura prohibida para los dos, entre el Cielo, y la Tierra nunca sería un secreto, y tuvo que salir a relucir a la luz pública con tales consecuencias para los dos, y también para toda la familia. Todos mantuvieron silencio mirando como Juliana se secaba sus lágrimas. Y el Licenciado Madera como Juez Parlante vuelve hablar. >> Ahora le toca al señor Núñez. Aquí tiene mis manos Gitana, que yo estoy desesperado por conocer cuántos Delitos de Amor tengo. La Joven Gitana le sujeta las manos y suavemente le dice. >> Pero niño Núñez, tu solamente has tenido sexo con una sola chica en tu vida. Todos se echaron a reír. >> Oye Gitana nosotros eso no te lo vamos a creer. Miltiño lo que ella acaba de decirme es verdad, en lo que tengo de vida yo solamente he tenido sexo con una mujer, Caruca. Por favor dejen que la Gitana siga hablando. Mira niño Núñez, quien se ríe de ti pierde. Yo tengo diecinueve años de edad, y soy una virgen. ¿Acaso en tu tribu de gitanos todos los hombres son ciego? Niño lindo lo que sucede es que mi padre es el que decide cuando la niña Rita se casa, y con quien tiene que casarse. Aquí donde ustedes me ven uno de mis hermanos me está esperando afuera cuando yo termine de consultarlos. Con razón se dice que ustedes los Gitanos son unos salvajes, incivilizados. ¡Echa mi niña Juliana, usted no hable mal de mi familia! Mire que se lo digo a mis hermanos y para enseguida en una noche oscura le sacan esa calentura que usted tiene. No se haga mala sangre que el niño Lindo no va ser para usted, pero tampoco para mí porque en este momento él tiene a su lado ese espíritu de Blanca la Loca que está reclamando sus derechos de propiedad. ¡Hay Gitanilla, tu si eres una buena vidente! Gracias mi niña María. Y no me interrumpan que estoy trabajando. Mire usted niño Núñez, en su mano puedo ver que usted está muy enojado con su papá. Si eso es muy cierto. Pero no te detengas. ¿Qué otras cosas puedes ver? Dilo sin miedo. Usted está enojado con su papá porque lo considera un cobarde, porque su mamá mantuvo por un tiempo una relación con un amigo de su familia y su papá no hiso nada, tampoco se dio por ofendido, entonces usted para defender el honor de su papá se buscó una Pistola, y le pego al hombre dos tiros por la espalda. No lo mato, pero lo dejo invalidó para toda su vida en una silla de rueda. Pero lo más que a usted le dolió fue cuando su mamá le confeso que ese hombre ha sido y todavía lo es el Amor de su vida, y que ella se casó con tu papá por conveniencia, y para complacer la familia. Con la alegría ya desaparecida de su cara, el Licenciado Núñez le pregunta al señor Madera. >> ¿Dígame usted señor Madera de que se me acusa? Licenciado Núñez usted no es culpable de lo sucedido, ya que usted no estaba enterado de los arreglos matrimoniales de su mamá, con su papá, sus padres son una de miles de parejas que se casan por conveniencia propia, pero al final de la cuenta el producto es el mismo el Adulterio por ambas partes, y el divorcio sin peleas ni remordimientos alguno.

Muy bien, tranquilos todos. Así es como quiero que estén. Carlota ahora te toca a ti. Señor Madera será mejor que lo dejemos para otro día, total todos ustedes ya saben que yo estoy llena de pecados. Carlota dale tus manos a la Gitana. Lentamente Carlota se sentó frente a la niña Rita, y lentamente le ofreció sus manos. >> ¡Echa mi niña, pero tu si hiciste una cosa mala hace tiempo! Lo ven yo se los dije, que yo estaba llena de pecado. Carlota cállate y deja que la Gitana siga su curso. Si señor Madera como usted ordene. Mire mi niña, hace muchos años entre una mujer que ya murió, y tú le hicieron creer a dos hombres que eran padres de una niña, solamente para sacarle Dinero. ¿Maldita cómo te atreviste hacernos tal infamia? Te voy a matar. Licenciado Saavedra, suelte a Carlota y mantenga un poco la cordura. Poco a poco el señor Madera, y el Licenciado Núñez convencieron a Saavedra para que soltara la Blusa de Carlota. > > ¿Cómo está eso Gitana, puedes leer algo más? Si patrón. Pero este hombre me asusto mucho pensé que quería matarme. No tengas miedo Gitana, que yo no voy a permitir que a ti te suceda algo. Gracia mi niño Lindo. Miltiño ya puedo ver que no pierdes el tiempo. Por favor Juliana, mantengan silencio que yo soy uno de los dos interesados en saber toda la verdad. Habla niña Rita que otra cosa tienes que decir. Mire patrón, esta niña (carlota) y la mujer muerta que estaba embarazada, pero que mato la criatura en un aborto. ¡Qué horror! Cayese Saavedra. Sigue hablando Gitana. Entonces ellas se buscaron otra niña y le hicieron creer por separados a esos dos hombres que eran los padres de la niña. ¡É y los muy estúpidos se lo creyeron y les dieron mucho dinero! La muerta, murió de una enfermedad que tenía en la sangre, que es la misma enfermedad que la niña Carlota tiene en su cuerpo. ¡¡¡Que tú quieres decirme que yo me voy a morir!!! Pero mi niña vete a ver al Galeno, para que te cure. Con el miedo reflejado en su Rostro Carlota se levantó de la silla y despacito se fue acercando a la pared. Y el Licenciado Saavedra le grita. Me alegro. Te deseo que sufras mucho en tu muerte, cuando me entere voy a celebrar un fiestón en el Malecón. Por favor señor Saavedra pare ya esas maldiciones, mire que solamente usted y yo, somos los últimos. Que me consulte a mí que quiero irme, de lo contrario soy capaz de matar a esta maldita. A ver mi niño siéntese aquí y deme sus manos. Muy furioso el Licenciado Saavedra se sentó y le enseño sus manos a la Gitana. >> Que pasa Gitana, habla y di lo que tengas que decir si miedo. El enojo del Licenciado Saavedra hiso que la niña Rita se retirara un poco de él. El Joven Miltiño se le acerca a la Gitana, y poniendo su mano en su hombro le dice. >> Ahora di lo que viste en su mano no tengas miedo. Este niño estuvo muchos años en el Príncipe (cárcel) por golpear a las mujeres. Por favor Gitana eso hace años que sucedió cuando yo era joven, antes de yo terminar mis estudios ahora soy un hombre tranquilo. Niño eso es mentira lo que tú dices, porque tu maltratas a golpes a tu esposa, porque no quiere parir, o porque no quiere tener sexo esa noche.

Qué clase de animal tu eres, tú lo que eres igual que Carlota, o quizás peor que ella. Pero las afirmaciones de Juliana hiso que el Licenciado Saavedra se pusiera serio y a la defensiva. >> Señor Madera es mejor que yo me retire antes que aquí suceda una Guantanamera. Y no crean todo lo que dice esta Gitana. Mañana paso por mis cosas. Licenciado usted no tiene que irse por lo sucedido, yo le aseguro que todo en la vida se puede solucionar. No se aflija, y mañana cuando usted venga conversamos sobre su problema. Muchas gracias señor Madera. Usted es una buena persona. Sin mirar a más nadie el licenciado Saavedra salió de la oficina, y del edificio dejando a sus compañeros de trabajo muy pensativos, y tristes. Gitana ahora me toca a mí. No señor madera usted se ha olvidado de mi persona, ahora es mi turno. Pero María cómo es posible que yo me haya olvidado de usted, estando usted presente entre nosotros. Patrón usted no tiene ninguna culpa, lo que sucede es que la niña María tiene primero que pedir permiso a sus seres, para consultarse conmigo. ¿Es que usted no sabe nada de estas cosas? No sé nada Gitana, y prefiero mantenerme lejos de ustedes. Niña Rita deja tranquilo al señor Madera. Toma mis manos y conmigo no tienes ningún problema puedes decir lo que tú ves en mis manos. Mi niña María, tu no vas a durar mucho en este trabajo, porque tú te vas a ir para otro país lejano y en ese lugar te ésta esperando el hombre que va ser tu marido para el resto de tu vida en este mundo. Pero niña tú estuviste presa por robarte algo. ¡Caramba María tú también! Mira Juliana no me critiquen nada, que eso sucedió cuando yo tenía diecisiete años de edad. En ese entonces yo tenía un novio, y yo no tenía dinero para comprarme un creyón de labios, tampoco coloretes, bueno me fui a tienda y me los robé. Después la Policía me busco y me pusieron presa. Eso fue todo lo que me paso. Ahora que soy una persona adulta me mantengo tranquila en todo, y no busco lo que no se me ha perdido. Pero Gitana sigue leyendo mi mano. Niña María a ti no hay mucho que leer en tu mano. Pequeñas cosas como discusiones con tu mamá, desacuerdos entre las dos, tus seres no me permiten profundizarme. Gitana si ya terminaste con ella, ahora me toca a mí. Niña Rita es mejor que atiendas al señor Madera, otro día nos volvemos a ver. Obedeciendo a María, la joven Gitana rápidamente le agarro las manos al señor Madera. >> ¡Caramba Patrón, usted sí que fue un hombre mujeriego en su juventud! Y le gustaba pelear por las mujeres. Hasta que usted se tropezó con una prostituta que se llamaba Celina, y usted patrón se enamoró de Celina como un loco ciego, y usted le dio de todo a esa mujer porque usted patrón quería y adoraba a Celina con toda su Alma, pero vino un hombre celoso y la mato clavándole un cuchillo en el Corazón. Desde entonces patrón usted juro nunca más volverse a enamorar. Y usted ha cumplido su promesa porque Patrón, usted no Ama a su esposa. Usted se casó porque no quiere pasar su vejez solo. Bueno esta Gitana ya se va, mi trabajo ya terminó aquí.

Todos mantuvieron silencio, y el señor Madera con la mirada baja metió su mano en su bolsillo derecho sacando dos billetes se los da a la Gitana. >> Tenga usted joven, y muchas gracias en el nombre de todos. Pero Patrón, usted me ha dado mucho dinero. No tengas pendiente que solamente son cincuenta Pesos, y tú te lo has ganado. Con mucha alegría en su cara, y muy zalamera, la Gitana salió del recinto dejando a todos los presentes en silencio. >> Señor Madera, ya me voy para mi casa. Si María, yo creo que ya es hora que todos terminemos este día en paz, y tranquilos. ¿Y tú Juliana te quedas? No María, yo me voy contigo no se te olvide qué desde aquí hasta la Víbora, tengo que coger dos Guaguas (bus) ¿Y tú Miltiño, te quedas? Si, quiero invitar al señor Madera a que caminemos un rato por el Malecón, y después cada quien para su casa. Vámonos María que el tiempo se acorta, y la vida no es larga como parece ser. Las dos amigas salieron de la oficina, y ya en la acera cada una tomo su calle preferida dándose un abrazo, y un hasta mañana. Mientras que en la oficina el señor Madera se enfrentaba con Carlota, pero en una forma más tranquilo. >> Déjeme tranquila señor Madera, que esa Gitana me dejo la mente hecha cuadritos, y ahora no sé qué hacer. Mira Carlota, a mí me parece que el Licenciado Saavedra, y yo nos portamos muy mal contigo. En ningún momento medimos tus sentimientos en fin fuimos demasiados rudo contigo. Yo quiero proponerte que tu veas a tu Medico preferido, y así sabes si de verdad estás enferma como lo dijo la Gitana. Yo te prometo que voy a pagarte todo lo que sea necesario. Si, puedes tomarte el tiempo que tú quieras que conmigo no vas a tener ningún problema, pero después tienes que buscarte otro trabajo. Yo prefiero que el Licenciado Saavedra se quede trabajando con nosotros. Y no tú. No tenga ningún pendiente señor Madera, yo comprendo en las circunstancias en que yo me encuentro con ustedes dos. Ya me voy. Yo le mantendré al tanto de lo que me diga el Medico. Sin despedirse de los demás, Carlota tomo su Cartera y salió rápidamente de la oficina. > > ¿Y usted Licenciado Núñez nos acompaña a dar una caminata por el Malecón? De ninguna manera conmigo no cuente, porque ahora voy a ver a Caruca, y le voy a proponer que nos casemos enseguida. Pues le deseo mucha suerte a los dos. Yo también te felicito amigo Núñez porque tengo el presentimiento que tú y Caruca, se quieren mucho y van a ser muy felices. Después de un par de abrazos, y una despedida elocuente el Licenciado Núñez, tomo sus pertenencias y salió rápidamente de la oficina. Bueno joven Miltiño vamos a dar esa caminata a lo mejor nos conviene para combatir un poco la fatiga de todo el día. Después de asegurarse que toda la oficina estaba cerrada los dos amigos, y colegas de trabajo, salieron del edificio y empezaron a caminar hacia el Malecón Habanero. >> ¿Y usted va a dejar su Maquina (carro) en el garaje? Si Miltiño, hoy prefiero caminar un poco. A lo mejor caminando encuentro la razón por la que estoy en este mundo.

¿Y para que usted quiere saber eso si nuestro Dios nunca ha querido decirlo? Pero joven Miltiño, si usted y yo nos llevan a una Corte, nosotros tenemos el derecho de saber el por qué estamos allí. Y quien nos acusa. Pero señor Madera, Dios nos trae a este mundo, y nos saca de este mundo sin pedirnos permiso, sin preguntarnos si nos queremos quedar. Tampoco no pregunta si somos felices. Solamente nos pide que tengamos fe en él, porque él es nuestro Dios. Muy bien joven Miltiño, yo comprendo todo lo que usted me dice. Sin embargó es mi creencia que este mundo es el Infierno del cual los profetas siempre han hablado. La Gloria, o el Cielo á de ser vivido después que todos muramos. Pero si tenemos un Delito De Amor, somos castigado a vivir en las penumbras, y para ver la luz divina de Dios tienes que pedir perdón, y arrepentirte en verdad, y justicia. La conversación entre los dos amigos los entretuvo lo suficiente hasta que llegaron al Malecón.>>

Mire usted señor Madera, como hay gente en el Malecón, y mire como se refleja el Sol en la Bahía. Parece que la Habana estuviera Embrujada. Vamos joven Miltiño, vamos a cruzar la avenida. Bueno Miltiño, ya que estamos aquí caminando entre tanta gente yo le pregunto. ¿Por qué hoy tomamos ese tema tan complicado, como es el Amor? Señor Madera, yo digo que fue Juan Diablos, el que nos tentó primero porque nosotros estábamos tranquilos hablando de la Viuda Negra, que representa la Señora Mercado. Tiene usted razón Miltiño, pero no se le olvide que cada uno de los dos son de diferente linaje, y no se llevan, y el colmo fue que después se apareció el tal Diego De los Ángeles, seguido por la Gitana para demostrarnos que todos tenemos un Delito De Amor. Mire usted señor Madera apuremos el paso porque atrás de nosotros viene un pordiosero con un Perro. ¡Se equivocó usted Jovencito, es una Perra! Se llama Matilde, y es de buena raza. Oiga usted. Jovencito me llamó Elías, para servirle a usted y a Dios primero. Miltiño vamos, dejemos tranquilo a este señor. Que le pasa Viejo, es que no me van a dar una limosna. El señor Madera frunció el ceño y se quedó mirando al Limosnero que mantenía su mano izquierda abierta esperando que le dieran dinero, mientras que con la otra mantenía su cuerpo erguido sujetando un bastón. >> Mire usted tome un Peso. ¡Un solo Peso nada más! Esto no me alcanza para darle de comer a mi perra que también tiene hambre. ¿Pero que usted pretende, que también le alimentemos a su perra? Por favor señor Madera, baje la voz mire que estamos en el malecón, y ya la gente nos ésta mirando. Es que este señor Elías, pretende sacarnos el peso del bolsillo. ¡Así que usted es el patrón Madera! Oiga y usted porque me conoce, si es primera vez que yo lo veo aquí en el Malecón. Es que la niña Rita, dijo que el niño lindo, y usted no conocen que es el Amor. Te das cuenta Miltiño porque uno no puede confiar en todo el mundo. Lo más probable que esta Gitana hablo todo lo que nos dijo en la oficina. Un momento patrón. Le prohíbo que me llame patrón, yo a usted no lo conozco.

Mire patrón Madera, lo que yo quiero decirle es que la niña Rita, nunca va a decir un secreto de confesión, o si ella descubre un Delito De Amor en usted. Como usted se atreve a pensar que yo utilizo una Gitana para confesarme. Por favor señor Madera, tómelo suave mire que no es bueno para el Corazón como usted se ésta poniendo. Muchas gracias Miltiño, usted tiene mucha razón. Mire señor Elías dígame dónde puedo encontrar esa Gitana. Es muy fácil solamente usted va a la Habana Vieja, y la niña Rita siempre trabaja en la Plaza De La Catedral. Pero si usted tiene pensado hacerle algún reclamo le hago saber que la niña Rita siempre tiene a sus hermanos cerca de ella. Mire señor madera lo mejor que usted puede hacer es olvidar esa Gitana, dejemos tranquilo al señor Elías y sigamos caminando por el Malecón. ¿Espere un momento niño Lindo, y usted no me va a dar nada? Mire usted yo no soy ningún niño Lindo, y mi nombre es Miltiño. Tome cinco Pesos, para que su perra y usted puedan comer algo hoy antes de dormir, a menos que usted sea uno de esos que se pasa toda la noche caminando por el Malecón, y por el día los vemos durmiendo por los Callejones de los edificios. No me ofenda joven Miltiño que yo soy una persona honesta, y muy decente. Aunque tengo un tobillo lastimado, que no me permite caminar correctamente yo busco la forma de bañarme todos los días, aunque tenga que ponerme la única muda de ropa que tengo, y esta perra callejera es la única compañía que tengo cuando una vez le di de comer siempre me sigue donde quiera que yo voy, fíjese como es Matilde, que cuando tiene hambre no protesta, no me reclama nada, no pide nada en cambio, en silencio lo soporta todo y es un animal fiel porque me defiende cuando alguien quiere abusar de mi persona. Son muy poco los seres humanos que actúen como se comporta mi perra que ésta dispuesta a dar su vida por mí. Mire usted Elías, yo le pido perdón. No ha sido mi intención ofenderlo. En la forma que usted se expresa, y detalla sus palabras puedo darme cuenta que usted es una persona educada, lo único que no comprendo por qué usted ha caído en este grado de abandono físico en su persona. Si quieren que les cuente mi vida es mejor que nos sentemos en el muro del Malecón. Ya con la curiosidad prendida, el joven Miltiño, y el señor madera se sentaron al lado del pordiosero Elías seguido por su Ángel de la Guarda la perra. >> De lo que sucedió en mi vida ya han pasado casi quince años en ese entonces yo vivía en el Cerro con mi familia. Mi esposa, y dos hijas producto de nuestro matrimonio yo trabajaba en una casa de huéspedes como administrador. Ese día Viernes de lo acontecido, mi Patrona me dio permiso de irme a medio día para la casa. Me acuerdo que cuando abrí la puerta de entrada, fui directo hacia la cocina en busca de una Cerveza, como todo estaba en silencio pensé que ella había salido ya que las niñas estaban en el Colegio. Pero sentí un ruido en el cuarto y cuando voy averiguar, allí en la cama estaba mi esposa desnuda acostada con un hombre teniendo sexo, mi pecho se convirtió en un Volcán rugiente,

Y mi sangre caliente como una lava me nublo mi mente. Con la botella de cerveza en mi mano le propine al hombre un botellazo en su cabeza, y el salió corriendo desnudo hacia la calle, sin pensarlo mucho fui a la cocina tome en mis manos un cuchillo y regrese al cuarto, y le di tres puñaladas a mi esposa, una en el pecho, y dos en la barriga ella cayó al piso sangrando y yo salí de la casa como un loco buscando el hombre para matarlo, pero ya los vecinos y la policía estaban afuera y me detuvieron. El Juez por ser un crimen pasional, y porque mi esposa no murió, me condeno a ocho años de prisión. Pasado un tiempo ya en mi celda me preguntaba qué fue lo que me paso, y porque tuvo que sucederme a mí. Hace más de siete años que salí de la cárcel y vivo la misma escena en mi mente todos los días. Es como una película que me persigue donde quiera que estoy y por las noches no me deja dormir. Si ustedes tienen la cura yo la quiero por qué tengo momentos que prefiero estar muerto que seguir viviendo este trauma que duele como si tuviera un puñal clavado en mi pecho. Perdonen se me olvido que ustedes son Abogados, y que ustedes también cometen Delitos De Amor. Pero el delito suyo es más pecaminoso que el de nosotros por qué usted trato de matar a su esposa. Nosotros nunca hemos matado a nadie. Por favor patrón Madera. Usted no venga diciendo que en ningún momento ha pasado por su masa gris el deseo de matar a la persona que lo hiere profundamente. Porque yo a pesar de que me siento culpable de todo lo sucedido, hay momento que en mi silencio me digo "Sinvergüenza si te vuelvo a coger te corto la garganta". Yo sé que de arrepentido está lleno el Cielo, y que el camino al infierno está pavimentado con buenas intenciones. Pero eso no quita que ustedes sean igual que yo. Si ustedes vinieron al Malecón para ver si hay alguien que pueda decirles que es el Amor, eso quiere decir o que ustedes no han leído la primicia referente al Amor, o ustedes verdaderamente nunca han sentido en su pecho el Amor latente cuando se está cerca de la persona amada, es que ustedes no se han dado cuenta que Dios hiso el Alma solamente con puro Amor, si tu Alma es frágil, tu Amor es también una ilusión frágil transparente. Tienes que estar pendiente y evitar que se manchen, de lo contrario tú tienes que pagar las consecuencias de tus decisiones equivocadas. Ahora con su permiso yo los dejo tranquilos, y por favor no quiero que sientan lastima de mí. Yo les juro que en el futuro cuando nos volvamos a ver yo voy a ser una persona diferente a la que ustedes ven hoy. Sujetándose de su bastón, el pordiosero Elías, siguió su camino seguido de su perra Matilde. ¿Qué le parece usted señor Madera, que todos los días siempre uno aprende algo nuevo? Así es amigo Miltiño, hoy hemos aprendido muchas cosas una de esas cosas es que el Amor que nos tenga otra persona hay que alimentarlo, y cuidarlo para que no se pierda, la otra es que el Alma, es tan frágil como el Amor, la única diferencia entre los dos es que el Alma es eterna y nunca muere. El Amor como es una ilusión que va y viene,

Y es uno de los misterios de Dios, es algo tan personal que para poder entender ese misterio tienes que tener el poder de la fe. Hay veces que decimos yo tengo fe en ti Dios mío, pero cuando nos sucede algo grande, nos damos cuenta que nunca estamos preparados, y siempre viene un amigo, o familiar a recordarnos donde está tu fe. Entonces te das cuenta que tú eres igual de débil que otro cualquiera. Y el miedo que es un pensamiento negativo se apodera de ti, y dejamos que el tiempo cruel amigo cure las heridas que el Medico no puede sanar. Pero señor Madera vamos a dejar que el tiempo cure nuestro Delito De Amor, y con lo aprendido tratemos de ser mejores ciudadanos, y mejores seres humanos. Licenciado Miltiño, en eso usted tiene razón. Mire que lindo se ve el Malecón de la Habana ahora que está cayendo la noche parece una Ciudad Embrujada por el tiempo.

Fin